Una invitación indecente

HEIDI RICE

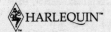

HARLEQUIN™

Editado por HARLEQUIN IBÉRICA, S.A.
Núñez de Balboa, 56
28001 Madrid

I.S.B.N.: 978-84-9000-024-3
Depósito legal: B-11173-2011
Editor responsable: Luis Pugni
Preimpresión y fotomecánica: M.T. Color & Diseño, S.L.
C/ Colquide, 6 portal 2 - 3º H. 28230 Las Rozas (Madrid)
Impresión en Black print CPI (Barcelona)
Fecha impresion para Argentina: 21.11.11
Distribuidor exclusivo para España: LOGISTA
Distribuidor para México: CODIPLYRSA
Distribuidores para Argentina: interior, BERTRAN, S.A.C. Vélez
Sársfield, 1950. Cap. Fed./ Buenos Aires y Gran Buenos Aires,
VACCARO SÁNCHEZ y Cía, S.A.
Distribuidor para Chile: DISTRIBUIDORA ALFA, S.A.

Capítulo Uno

–No lo hagas. ¿Y si te encuentra? Ese hombre podría hacer que te detuvieran.

Daisy Dean detuvo su examen del muro del jardín vecino y miró a su mejor amiga.

–No me encontrará –respondió en otro susurro–. Así vestida no se me ve.

Se miró la ropa que le habían prestado sus vecinos: los pantalones anchos del adolescente Cal, un jersey con cuello alto de la madre y las botas militares dos tallas más pequeñas de su amiga Juno.

Nunca se había sentido tan invisible. Una de las cosas que había heredado de su irresponsable madre era su llamativa forma de vestir. Siempre iba de colores y no le gustaba ocultarse.

Excepto cuando se encontraba en misión para buscar el gato perdido de su casera, la señora Valdermeyer, pensó frunciendo el ceño.

–Deja de preocuparte, Juno, y pásame el gorro –dijo, mirando de nuevo el muro, que parecía haber crecido en los últimos segundos–. Tendrás que darme impulso.

Juno gruñó y le entregó el gorro negro.

–Espero que esto no me convierta en encubridora –advirtió, inclinándose hacia adelante y entrelazando las manos.

–No seas tonta –comentó Daisy, recogiéndose los rizos bajo el gorro–. No es un crimen. No del todo.

3

–Por supuesto que lo es –protestó su amiga, mirándola hecha un basilisco–. Se llama allanamiento de morada.

–Existen circunstancias atenuantes –señaló Daisy, recordando la preocupación de su casera–. Señor Pootles lleva desaparecido más de quince días. Y nuestro antisocial vecino nuevo ha sido el único del vecindario que no ha tenido la decencia de buscarlo en su jardín. Señor Pootles podría estar muriéndose de hambre; rescatarlo depende de nosotras.

–¿Y si buscó y no encontró nada? –sugirió Juno, agudizando la voz, cada vez más nerviosa.

–Lo dudo. Créeme, no es el tipo de hombre que pierda el sueño por un gato perdido.

–¿Cómo lo sabes? Ni siquiera lo conoces.

–Eso se debe a que ha estado evitándonos –señaló Daisy.

Su misterioso vecino nuevo había comprado hacía tres meses la ruinosa mansión y la había reformado en un tiempo récord. Y desde que se había instalado en ella, hacía dos semanas, Daisy había intentado un acercamiento, dejándole una nota por debajo de la puerta y otro mensaje con la mujer de la limpieza. Pero él no había dado señales de querer presentarse al resto de vecinos. Ni de unirse a la búsqueda del desaparecido Señor Pootles.

De hecho, había sido un maleducado. El día anterior, cuando ella le había llevado unos brownies caseros, en un último intento de atraer su atención, él ni siquiera le había devuelto el plato, por no hablar de agradecérselo. Claramente, el hombre era demasiado rico y egocéntrico como para codearse con ellos.

Aparte de ser extraordinariamente guapo.

4

Sólo le había visto ocasionalmente cuando salía de su casa y se metía en su carísimo coche. De más de un metro ochenta, musculoso sin estar hinchado, y con una belleza de rasgos marcados, era un engreído. Incluso en la distancia irradiaba suficiente testosterona para despertar el deseo femenino, y estaba segura de que él lo sabía.

Claro que a ella no le afectaba. No demasiado, al menos. Afortunadamente, se había vuelto completamente inmune a hombres como él: arrogantes y engreídos que consideraban a las mujeres como juguetes. Hombres como Gary, que se había colado en su vida hacía un año con su sonrisa insinuante, sus trajes de diseño y sus manos sabias, y había desaparecido tres meses después llevándose una buena porción de su orgullo y un pedacito de su corazón.

Aquel día, había hecho un pacto consigo misma: no volvería a caer presa de otro playboy, por guapo que fuera. Lo que necesitaba era un tipo normal y corriente. Un hombre acaudalado pero íntegro que la amara y respetara, que quisiera lo mismo en la vida que ella y, a ser posible, que no distinguiera entre una marca de diseño y la propia del supermercado.

Juno resopló molesta, interrumpiendo sus pensamientos.

–Sigo sin comprender por qué no le has preguntado sin más por el estúpido gato.

Daisy se acaloró.

–He intentado hablar con él las pocas veces que lo he visto de lejos, pero conduce tan rápido que, para alcanzarlo, tendría que ser una campeona de velocidad.

Preferiría sufrir las torturas del infierno antes que

confesar la verdad: que él le intimidaba y no se atrevía a hablarle cara a cara.

Juno suspiró y se inclinó, con las manos entrelazadas.

–De acuerdo, pero no me eches la culpa si te acusa de colarte en su casa.

–Deja de asustarte –comentó Daisy apoyando el pie en las manos de su amiga–. Estoy segura de que ha salido. Su Jeep no está aparcado en la puerta, lo he comprobado.

Si hubiera creído que él podía estar en casa, se habría puesto mucho más nerviosa.

–Además, voy a ser súper discreta. Ni se enterará de que he entrado.

–Sólo hay un pequeño problema con tu plan –señaló Juno secamente–: tú no sabes ser discreta.

–Sí que sé, si me veo desesperada –replicó Daisy. Al menos, haría todo lo posible por serlo.

Ignorando el resoplido de desdén de su amiga, Daisy elevó los brazos para escalar el muro y sintió que el polo de cuello alto dejaba al descubierto su ombligo. Se miró y vio una buena porción de piel blanca reflejando la luz de una farola, y sus bragas de satén rojo sobresaliendo de los pantalones a la cadera.

–Maldición.

Bajó los brazos y volvió pie a tierra.

–¿Qué ocurre ahora? –susurró Juno.

–Al levantar los brazos se me ve la tripa.

–¿Y qué?

–Pues que eso arruina el efecto de camuflaje –respondió, y se quedó pensativa unos instantes–. Ya sé, me quitaré el sujetador, así el jersey no se elevará tanto.

–No puedes hacerlo –apuntó Juno–. Te botarán los senos.

–Sólo será un rato –respondió Daisy, pasándole la prenda de satén y encaje.

Juno la agarró con la punta de los dedos.

–Qué obsesión tienes por la lencería sexy.

–Lo que te ocurre es que estás celosa –replicó Daisy, y se giró hacia el muro.

A juicio suyo, Juno siempre había tenido complejo de poco pecho.

Apoyó el pie de nuevo en las manos entrelazadas de su amiga y sintió la erótica elevación de sus senos bajo el jersey de cuello alto. Menos mal que nadie la veía en aquel estado. Se enorgullecía de ser feminista, pero no de las del tipo que quemaban su sujetador.

–Muy bien –dijo Daisy, y tomó aire–. Allá voy.

Se apoyó en la parte superior del muro y pasó la pierna por encima, hasta quedar a horcajadas. Observó el jardín de su vecino, sumido en sombras. La luz de la luna se reflejaba en las ventanas de la parte posterior de la casa. Dejó escapar el aliento que había estado conteniendo. Definitivamente, él no estaba en casa, menos mal.

–No puedo creer que vayas a hacer esto –reiteró Juno, mirándola desde el suelo con el ceño fruncido.

–Se lo debemos a la señora Valdermeyer, sabes lo mucho que adora a ese gato –susurró Daisy.

Ella le debía mucho más a su casera que la simple promesa de encontrar a su gato.

Cuando su madre, Lily, había anunciado que había encontrado al hombre de su vida, una de tantas veces, hacía ocho años, Daisy había optado por no seguirla. Entonces tenía dieciséis años, y se quedaba sola y aterrada en Londres. La señora Valdermeyer le había proporcionado un hogar y una seguridad que nunca había experimentado, con lo cual le debía más de lo que podría pagarle nunca. Y ella siempre saldaba sus deudas.

–Además, no olvides que la señora Valdermeyer podría haber vendido su edificio a los promotores inmobiliarios y convertirse en una mujer rica, pero no lo ha hecho. Porque somos como de su familia. Y la familia permanece unida.

Al menos, así lo había creído siempre ella. De haber tenido hermanos y una madre medianamente responsable, así habría sido su familia.

Contempló el jardín y tragó saliva para aliviar el nudo de su garganta.

–No creo que a la señora Valdermeyer le guste que te arresten –susurró Juno en la oscuridad–. Recuerda la cicatriz del rostro de ese hombre, no parece un tipo al que le gusten las bromas.

A punto de pasar al otro lado del muro, Daisy se detuvo. De acuerdo, tal vez la cicatriz resultaba preocupante.

–Hazme un favor: si no he regresado dentro de una hora, llama a la policía.

No llegó a escuchar los murmullos de Juno, ya que se hundió en las sombras:

–¿Para qué? ¿Para que te lleven a comisaría?

–Olvídalo, no voy a inventarme una prometida para contentar a Melrose.

Connor Brody sujetó el teléfono con el hombro mientras se quitaba la toalla húmeda de las caderas.

–Se puso hecho un basilisco después de la cena –respondió asustado Daniel Ellis, su director comercial, desde Nueva York–. No bromeo, Con. Te acusó de intentar seducir a Mitzi. Amenaza con romper el acuerdo.

Connor agarró unos pantalones de chándal, maldiciendo el dolor de cabeza que llevaba acuciándole todo el día, y también a Mitzi Melrose, a quien no quería volver a ver en su vida.

–Fue ella quien plantó su pie en mi entrepierna bajo la mesa, Dan, y no al revés –gruñó, molesto por aquel intento tan poco sutil de seducirlo.

A él no le molestaba que una mujer tomara la iniciativa, pero la esposa-trofeo de Eldridge Melrose se había pasado la noche insinuándosele a pesar de que él le había dejado muy claro que no estaba interesado. No salía con casadas, especialmente si el marido era un magnate multimillonario con el que intentaba hacer negocios. Además, nunca le habían atraído las mujeres con tanto Botox y silicona en su cuerpo. Pero la tonta de Mitzi no había aceptado su negativa y aquél era el resultado: un acuerdo que llevaba meses trabajándose peligraba, y él no tenía la culpa.

–Si se retira del negocio, nos encontraremos de nuevo en el punto de partida –advirtió Daniel.

Connor se acercó al bar. Los quejidos de su amigo no contribuían a aliviar su dolor de cabeza. Se frotó la sien y se sirvió una copa de whisky.

–No pienso fingir que estoy comprometido sólo para convencer a Melrose de que su mujer es una fresca –dijo con aspereza–. Y me da igual si no hay trato.

Se recreó en el aroma del caro licor, tan diferente del olor a alcohol rancio que había dominado su niñez, y lo vació de un trago. Su suntuosa calidez le recordó lo lejos que había llegado. Hubo tiempos en los que, para sobrevivir, tuvo que hacer cosas de las cuales no se enorgullecía. Para escapar de allí. Y era necesario mucho más que un simple negocio para que volviera a comprometer su integridad de aquella manera.

–Con, no seas así –gimió Danny–. Estás sacando las cosas de quicio. Debes de tener en tu agenda un millón de mujeres que matarían por pasar dos semanas en el Waldorf fingiendo ser tu prometida. Y no creo que para ti sea un duro trago tampoco.

–No tengo ninguna agenda –gruñó Connor y ahogó una risita–. Y aunque la tuviera, ninguna de esas mujeres se salvaría de malinterpretar la petición. Dale un anillo de diamantes a una mujer y se hará ciertas ideas, independientemente de lo que tú le digas.

Dos meses antes, había sufrido la mayor de las rupturas porque había creído a Rachel cuando le había asegurado que no buscaba nada serio, sólo buen sexo y divertirse, cuando lo que perseguía en realidad eran campanas de boda y patucos de bebé.

Connor se estremeció, como si agujas de metal le taladraran las sienes. No volvería a exponerse a un horror como aquél.

–No puedo creer que vayas a echar a perder este negocio cuando la solución es tan sencilla.

–Pues créelo –respondió, harto de aquel tema, dejando la copa en la barra–. Te veo la semana próxima. Si Melrose quiere tirar piedras contra su propio tejado, que así sea.

Soltó una tos áspera.

–¿Estás bien? Tienes la voz ronca.

–Sí, estoy bien –respondió Connor con sarcasmo.

Había pescado un resfriado en el vuelo de regreso de Nueva York aquella mañana, y encima tenía que aguantar ese asunto de Melrose y su mujer.

–¿Por qué no te tomas unos días libres? –propuso Danny amablemente–. Llevas meses trabajando sin parar. No eres Superman, ¿sabes?

–No me digas –respondió Connor irónico, apoyando su frente ardiendo contra la puerta de cristal de la terraza y contemplando el jardín–. Estaré bien en cuanto haya dormido diez horas sin parar.

Lo cual sería posible si no tuviera jet-lag.

–Te dejaré para que lo hagas –dijo Danny, preocupado–. Pero piénsate lo de darte un respiro. ¿No acabas de mudarte a esa nueva mansión? Tómate un par de días para disfrutarla.

–Por supuesto –mintió–. Nos vemos pronto, Dan.

Colgó y contempló el salón escasamente amueblado y sumido en sombras. Había comprado aquella mansión vieja y abandonada en una subasta y se había gastado una pequeña fortuna reformándola, gracias a la estúpida idea de que a los treinta y dos años necesitaba una base más permanente. La casa era todo lo que había pedido: diáfana, moderna, minimalista... pero nada más mudarse se había sentido atrapado. Recordaba demasiado bien aquel sentimiento de su niñez. Y había aceptado rápidamente que la permanencia siempre iba a vivirla como una cárcel.

Dio la espalda a la ventana. Vendería la casa y seguiría adelante. Sacaría un buen beneficio y no sería tan estúpido como para volver a comprarse una casa propia.

Algunas personas necesitaban raíces, estabilidad. Él no era una de ellas. No tenía problema con vivir en hoteles y alquileres. Construcciones Brody era la única herencia que deseaba.

Dejó el teléfono portátil sobre el sofá. Los hombros le dolieron con el leve movimiento. No se sentía tan dolorido desde cuando era niño y se despertaba con las marcas aún frescas del cinturón de su querido padre.

Cerró los ojos con fuerza. «No vayas por ahí».

Obligándose a olvidar la vieja amargura, abrió los ojos y vio un fugaz movimiento en el jardín. Parpadeó y entrecerró los ojos, concentrándose en la oscuridad exterior. Lenta pero inconfundiblemente, apareció una figura pequeña y ataviada de negro arrastrándose por uno de los parterres.

Se irguió y observó atónito como el intruso se ponía en pie y se hundía en uno de los arbustos junto al muro trasero, dejando al descubierto una franja de piel blanca en su cintura.

Maldición, ¿podía empeorar el día? La adrenalina le hizo olvidarse de sus doloridos músculos y de su cabeza a punto de explotar. A grandes zancadas, atravesó el salón y bajó la escalera. Quienquiera que fuera ese pequeño bastardo, había cometido un grave error.

Nadie se reía de Connor Brody.

A pesar de la riqueza y sofisticación que le rodeaban, se había criado en las peores calles de Dublín y sabía cómo jugar sucio cuando tenía que hacerlo.

Tal vez él no quisiera aquel lugar, pero tampoco iba a permitir que nadie sacara provecho a su costa.

Capítulo Dos

–Vamos, gatito, ven aquí… Gatito bueno… –susurró Daisy.

El sudor le empapaba el cuerpo, y la cabeza le picaba bajo el gorro de lana.

Se rascó la cabeza, se caló el gorro y buscó con la mirada debajo de un arbusto. Nada.

¿Cómo no había llevado una linterna? Resopló, dándose por vencida. Casi se había roto el cuello al escalar el muro y llevaba diez largos minutos explorando el jardín. Incluso se había pinchado el pulgar con una rosa. Pero no había encontrado nada.

Salió arrastrándose de debajo del arbusto, hundiendo los dedos en la tierra al intentar no aplastar las plantas del parterre.

Un estridente ladrido cortó el aire nocturno. Daisy contuvo un grito.

El corazón volvió a latirle al reconocer al perro del señor Pettigrew.

Se chupó el dedo herido. Al menos podía regresar a casa sabiendo que había hecho todo lo posible por encontrar a Señor Pootles.

Se puso en pie, con la idea de escalar el muro para salir, cuando los ladridos cesaron. El sonido de unos pasos apagados le hizo mirar por encima del hombro. Y entonces divisó una oscura silueta abalanzándose sobre ella. «Maldición», pensó.

Un musculoso antebrazo la rodeó por la cintura y la elevó del suelo. Daisy se quedó sin aliento al tiempo que en su espalda notaba la solidez de un hombre desnudo y sexy.

–Te pillé, diablillo –le oyó murmurar con voz grave.

Daisy inspiró hondo con la idea de gritar, pero una mano grande le tapó la boca, envolviéndola en aroma a jabón de sándalo.

–No, chico, no vas a llamar a tus colegas –advirtió la voz, con un leve acento irlandés que la hacía aún más aterradora.

Daisy se retorció para liberarse del brazo que aprisionaba su cintura, sin éxito.

Su captor la levantó como si no pesara nada y se encaminó a la casa. El aroma a jabón la abrumó, mientras oía sus propios gritos amortiguados. Se mareó al pensar en los titulares del día siguiente: «Asfixiada hasta morir a causa de un gato perdido».

Pateó torpemente al aire, y los pantalones se le bajaron de las caderas. Su captor la soltó y Daisy cayó de cabeza sobre el césped. Al intentar levantarse, una mano la agarró del cinturón y la levantó.

–¿Esto es satén? –exclamó el hombre atónito.

Daisy ahogó un grito y, ruborizada, se subió los vaqueros.

–¿Quién diablos eres? –bramó él.

A contraluz de la lámpara del porche, Daisy sólo percibió su torso desnudo, unas inquietantes cejas, el cabello oscuro y unos hombros tremendamente anchos.

Sintió que todo su cuerpo temblaba de ira, al tiempo que las mejillas le quemaban de vergüenza, pero lo único que acudió a su boca fue un patético gemido.

Él le quitó el gorro. Daisy intentó sujetarse el cabello, pero le cayó en cascada sobre los hombros.

–¡Eres una chica!

Daisy se apartó el cabello de delante de los ojos, presa de ira. ¿Cómo se atrevía a tratarla así de mal y a asustarla a morir? Le arrebató el gorro.

–Soy una mujer hecha y derecha, bravucón.

Él se le acercó, alto y amenazador.

–¿Y qué está haciendo una mujer hecha y derecha colándose en mi casa?

Daisy dio un paso atrás, sujetándose los pantalones. La ira dio paso al sentido común. ¿Qué hacía discutiendo con aquel tipo, dos veces más grande que ella y no de muy buen humor?

Se acabó el hacerse la valiente. Tenía que huir de allí.

Se giró para salir corriendo, pero una mano fuerte la sujetó del brazo.

–Nada de eso, señorita. Antes quiero algunas respuestas –advirtió, y la arrastró hacia el porche.

El pánico se apoderó de ella al atravesar unas puertas correderas de cristal y entrar en una gigantesca cocina. El olor a barniz fresco la envolvió, y quedó cegada cuando él encendió la luz.

La llevó a una zona de estar y la lanzó, bastante bruscamente, a un sillón de cuero.

–Siéntate.

Daisy quiso levantarse, pero él se apoyó en los brazos del sillón, aprisionándola. Su torso desprendía un enorme calor, así como aroma a hombre recién duchado. Su rostro, iluminado hasta el último detalle, irradiaba una furia atemorizante.

Daisy vio que una gota de aquel cabello húmedo caía en su suéter y se removió en su asiento al notarla traspasando el tejido y rozando sus senos desnudos.

Ojos de un azul gélido se clavaron en su pecho, y sus pezones traidores eligieron aquel momento para endurecerse. A Daisy le quemaban las mejillas. ¿Por qué se había quitado el sujetador? ¿Se daría cuenta aquel hombre?

—No te muevas —le ordenó él, clavando la mirada de nuevo en su rostro—. O me darás la excusa para darte la paliza que te mereces.

Daisy empezó a temblar, con el corazón en un puño. Tan cerca, la ruda belleza masculina de aquel rostro resultaba abrumadora, incluida la cicatriz de su mandíbula. Y tenía las pestañas más largas que había visto nunca. Eso podría haberle conferido un aire femenino, pero no era así.

—No puedes darme una paliza —murmuró ella, y deseó no haberlo dicho cuando él la taladró con la mirada.

—No me tientes —le espetó.

A Daisy se le aceleró el pulso. «No le hagas enfadar, tonta del bote».

Él se irguió y se apartó el cabello de la frente. Volvió a mirarla al pecho. Daisy se ruborizó aún más.

—Puedes dejar de temblar —dijo él por fin—. Tienes suerte, no pego a mujeres.

Habló con tal desdén, que la ira se apoderó de ella, destruyendo el propósito que acababa de hacerse.

—Me has dado un susto de muerte, Atila. ¿A cuento de qué?

—Estabas en mi jardín. Sin haber sido invitada —respondió él, sin asomo de disculpa—. ¿Qué esperabas, una alfombra roja?

Antes de que ella encontrara una contestación decente, lo vio girarse y dirigirse a la isla de la cocina. Cojeaba levemente. Se inclinó sobre la pila y ella ahogó un grito: tenía la espalda cruzada de pálidas cicatrices.

Tragó saliva nerviosa. Quienquiera que fuera aquel hombre, no era el playboy rico, consentido y narcisista que ella había creído. Aquellas cicatrices, junto con la del rostro, demostraban que había tenido una vida dura, sumida en la violencia. Daisy se mordió el labio inferior, entrelazó sus manos para que dejaran de temblar y decidió ignorar la pena de lo mucho que debían de haberle dolido esas heridas.

«No vuelvas a hacerle enfadar, Daisy. No sabes de qué puede ser capaz».

Vio que llenaba un vaso de agua y lo vaciaba en tres tragos, y se dio cuenta de que estaba sedienta, probablemente por el trauma emocional al que se había visto sometida. Pero no iba a pedirle agua, lo más inteligente dadas las circunstancias era mantener la boca cerrada.

Él dejó el vaso en la encimera con brusquedad, sobresaltándola. Tosió y se enjugó la frente con el antebrazo. Luego, apoyó las manos en la encimera, agachó la cabeza y suspiró pesadamente. Encorvado resultaba menos amenazador. No habló ni elevó la mirada durante un rato, y Daisy se preguntó si la habría olvidado. Hizo ademán de levantarse, pero el cuero traidor crujió, y el hombre reaccionó.

–Siéntate, maldita sea –ordenó con desprecio–. Aún no hemos terminado.

Daisy volvió a sentarse. Seguía intimidada, pero ya había visto sus ojeras de cansancio. Ahogó una ola de empatía. Por más que él no estuviera bien, la había asustado, amenazado y probablemente había permitido que Señor Pootles muriera larga y dolorosamente.

–¿Qué quieres exactamente? –inquirió, satisfecha cuando su voz apenas tembló.

Él se cruzó de brazos y enarcó una ceja, pero no respondió.

Como si tuvieran vida propia, los ojos de Daisy se fijaron en aquel torso velludo, seguido de un abdomen tan marcado como una tableta de chocolate. Los pantalones de chándal, a la cadera, dejaban adivinar su pelvis. Un milímetro más bajos, y quedaría al descubierto mucho más.

Daisy notó que su vientre reaccionaba. Elevó la vista y se encontró con la mirada de él. ¿Se habría dado cuenta del curso de sus pensamientos? El calor le subió al pecho y se extendió hasta su cuello.

Él seguía estudiándola de manera inquietante. Daisy sintió que el corazón le daba un nuevo vuelco al fijarse en sus fuertes bíceps, y advirtió que tenía un viejo tatuaje de una cruz celta en el brazo izquierdo. Tragó saliva, esforzándose por ignorar su vientre encendido. ¿Estaba loca? Tal vez aquel tipo tuviera el cuerpo de un top model, pero Daisy Dean no se dejaba seducir por matones arrogantes, por muy atractivos que fueran.

–Tengo ganas de oírlo –dijo él al fin, con un tono suave pero extrañamente amenazador–. ¿Qué hacías en mi jardín?

Daisy elevó la barbilla, decidida a no sentirse culpable. Su misión había sido inocente, a pesar de que en aquel momento le parecía algo suicida.

–Buscaba al gato de mi casera.

Él tosió secamente.

–¿Te crees que soy idiota?

Daisy prefirió no responder a esa pregunta.

–Se llama Señor Pootles. Es un macho pelirrojo con un ojo bizco –se apresuró a relatar, a pesar de la expresión escéptica de él–. Y lleva desaparecido dos semanas.

–¿Y no podías haber llamado a mi puerta y preguntarme si lo había visto?

–Lo he hecho, pero nunca has contestado –replicó ella, cada vez más indignada.

–He estado fuera del país la semana pasada –le informó él.

–Señor Pootles lleva perdido dos. Además, le dejé mensajes a tu asistenta, y unos brownies.

Vio que él enarcaba ambas cejas. ¿Por qué había mencionado los brownies? Le hacía parecer estúpida.

–No tiene importancia –añadió, poniéndose en pie y tratando de parecer contrita–. Siento haberte molestado. Creí que no estabas en casa, y me preocupaba el gato. Podría haber estado muriéndose de hambre en tu jardín.

Notó que él la recorría con la mirada de pies a cabeza y se le disparó el pulso.

–Lo cual no explica por qué te has disfrazado como un ladrón para venir a buscarlo –señaló él con ironía.

¿Cómo explicarlo sin parecer una loca?

–Será mejor que me vaya. Es evidente que el gato no está aquí, y yo tengo que regresar.

«Por favor, déjame salir de aquí con algo de dignidad intacta».

–Todavía no –dijo él y, sorprendentemente, sonrió.

Daisy no podía creerlo.

–Sí que me llegaron los brownies. Estaban deliciosos –alabó él.

–¿Y por qué no respondiste a mis mensajes?

¿Qué le hacía tanta gracia de pronto?

–Mi asistenta no habla bien inglés. Probablemente no te entendió –respondió él con despreocupación.

De pronto, perdió el equilibrio y se sujetó a la encimera.

–¿Estás bien? –inquirió Daisy, acercándose a él.

Se había quedado lívido y parecía agotado.

–No es nada –masculló, olvidado el desprecio.

Era obvio que mentía, pero Daisy decidió no insistir. Después de cómo la había tratado, le daba igual lo que le ocurriera.

Lo vio separarse de la encimera, aunque no parecía recuperado.

–Sé lo que ha pasado con tu gato. Sígueme –añadió él y, apoyándose en la isla, atravesó la cocina.

Era lo último que Daisy esperaba oír.

Lo observó moverse con la fragilidad de alguien de ochenta años, arrastrando los pies, pero ahogó su instintiva preocupación por él. Detestaba ver sufrir a nadie, y aquel tipo, a pesar de ser bastante desagradable, estaba sufriendo. Aunque claramente no quería ni su empatía ni su ayuda.

Abrió una pequeña puerta y le hizo un gesto de que se acercara. Al llegar, Daisy oyó unos suaves maullidos y se quedó atónita: acurrucados en una vieja sábana junto a una estufa se encontraban Señor Pootles y cuatro gatitos recién nacidos.

Así que Señor Pootles era en realidad Señora Pootles.

–La gata apareció al poco de instalarme –informó él con voz ronca–. No llevaba collar y no se dejaba cuidar, así que creí que era callejera.

Daisy observó a la gata y su prole: junto a la sábana había un cuenco con leche. Tal vez aquel tipo no era tan malo como parecía. Sintió que algo de su ira e indignación desaparecía, para ser reemplazadas por una incómoda vergüenza.

–Tuvo los gatitos hace diez días –añadió él–. Mi asistenta ha estado cuidándolos. Parece que se encuentran bien.

–Así es –contestó Daisy en voz baja.

Iba a tener que tragarse el orgullo que le había llevado a colarse en su jardín en mitad de la noche. Se tomó un tiempo, sacudiéndose pelusas inexistentes de los pantalones y doblando la cinturilla para evitar que se le cayeran.

Cuando ya no podía retrasarlo más, carraspeó y lo miró a los ojos, de expresión impenetrable. Él no iba a ponérselo fácil, debería haberlo imaginado.

–Le pido mil disculpas, señor...

–Brody, Connor Brody –respondió él, taladrándola con la mirada.

A Daisy se le disparó el pulso y se ruborizó.

–Señor Brody, lo que he hecho es imperdonable. Espero que no me guarde rencor –dijo, tendiéndole la mano.

Él se la quedó mirando y sonrió perezosamente, una sonrisa tan sensual que suavizaba sus duras facciones y le hacía aún más atractivo... y arrogante.

Daisy contuvo un suspiro, al tiempo que el corazón se le desbocaba. Qué típico: no podía hacer el ridículo delante de cualquiera, tenía que ser frente a un tipo que parecía una estrella de cine.

–¿Significa eso que tus días de robo de gatos quedan atrás? –dijo él por fin, sin ocultar su diversión, y recorriéndola de nuevo con la mirada–. Es una pena, porque el conjunto te queda muy bien.

La estrella de cine era además un gracioso.

–Disfrútelo mientras pueda –contestó ella secamente, intentando encontrar la gracia.

Evidentemente, consistía en reírse de ella. Sabía que parecía un adefesio.

–¿Y cómo te llamas? –inquirió él.

–Daisy Dean.

–Es un placer, Daisy Dean –saludó, sin dejar de sonreír, como si ella fuera lo más divertido que había visto nunca.

–Vendré mañana a recoger a los gatos, si no le importa –anunció tensa, agarrándose a la poca dignidad que le quedaba.

–Te espero mañana –contestó él, y una brusca tos le borró la sonrisa del rostro por unos instantes–. Antes de que te vayas, tengo una pregunta.

Daisy observó molesta el brillo de su mirada. Algunos hombres flirtearían hasta con una piedra.

Él paseó la mirada por sus senos y se tomó su tiempo para volver a mirarla a los ojos.

–¿Has perdido el sujetador escalando el muro?

Daisy se irguió, ruborizada y harta.

–Me alegro de que esto le resulte tan divertido, señor Brody.

–No sabes cuánto, Daisy –replicó él con una carcajada, sus ojos azules brillando traviesos.

–Me marcho –anunció ella secamente.

Tal vez se había equivocado en lo referente al gato, pero no acerca de él. Era un hombre arrogante, autoritario, insufrible, creído...

Un improperio susurrado interrumpió su listado

de defectos. Se giró y presenció atónita cómo él se tambaleaba y se desplomaba. Acudió a su lado y se agachó junto a él, olvidando todo resentimiento al ver su tez pálida y su cuerpo tembloroso.

–Señor Brody, ¿está bien?

–Sí –siseó él, con la frente perlada de sudor.

Daisy posó la mano en su frente, unos instantes antes de que él se retirara.

–Está ardiendo, señor Brody.

–Deja de llamarme de usted, demonios –dijo él, con ojos vidriosos–. Me llamo Connor.

–De acuerdo, Connor. Tienes mucha fiebre. Necesitas un médico.

–Estoy bien –aseguró él, agarrándose a la encimera para ponerse en pie.

Daisy se ofreció a ayudarlo, pero él la evitó y, trabajosamente, se levantó. Daisy contempló su respiración agitada y las gotas de sudor corriéndole por las sienes.

–Puedes marcharte cuando quieras –gruñó él, sin mirarla.

Daisy se le acercó. Él irradiaba calor y resentimiento.

–¿Cómo? ¿Quieres que me vaya cuando estoy divirtiéndome tanto al verte sufrir?

Él se estremeció aún más violentamente.

–Lárgate.

Daisy puso los ojos en blanco. ¿Por qué les costaba tanto a los hombres pedir ayuda? Se colocó a su lado y le rodeó la cintura con un brazo.

–¿Tu dormitorio está muy lejos?

–Hay un cuarto de invitados al otro lado del pasillo –comentó él, con la garganta como lija–. Y ahí puedo llegar por mi propio pie.

–No digas tonterías –replicó Daisy, notando que reposaba casi todo su peso en ella–. Apenas puedes andar.

Para su sorpresa, él no protestó más, mientras lo conducía hacia el pasillo.

La habitación de invitados era grandiosa, con ventanales que daban al jardín. Lo tumbó en el diván bajo la luz tenue. Estaba cubierto en sudor, temblaba fuertemente y le castañearon los dientes al hablar:

–Ya está. Ahora, déjame solo.

Sonaba tan molesto que Daisy sonrió. Se habían invertido las tornas. Pero no se recreó mucho tiempo, porque una tos brutal sacudió su pecho.

–Voy a llamar al médico.

–Sólo es un resfriado –protestó él entre toses.

–A mí me parece más una neumonía.

–Nadie tiene neumonía en julio –replicó él, antes de sucumbir a otro grave ataque de tos.

Daisy corrió a la cocina, encontró el teléfono y marcó el número de su médico. Maya Patel vivía a un par de calles y le debía un favor desde un evento de recaudación de fondos para un club de madres e hijos. Respondió medio dormida. Daisy le rogó que se acercara y le dio la dirección.

–Tienes que hacer que le baje la fiebre –explicó la médico–. Pásale paños húmedos de agua helada, abre las ventanas y quítale la ropa. Llego enseguida.

Bostezó y colgó.

Daisy regresó al dormitorio con un cuenco de agua helada y una toalla pequeña. La tos había cesado, pero al acercarse notó el calor que irradiaba el cuerpo de su paciente. Tenía los pantalones empapados de sudor y se le pegaban a sus poderosos muslos como una segunda piel.

Encendió la lamparita de la mesilla y vio que él la miraba con ojos vidriosos.

–La médico ha dicho que te haga bajar la fiebre –informó.

Interpretó su silenciosa mirada como un sí y hundió la toalla en el agua. La escurrió y se la pasó por el torso. Él gimió, se tensó y tembló ligeramente.

Al retirar la toalla, estaba caliente.

–La doctora Patel está en camino –anunció ella suavemente–. ¿Quieres que avise a alguien más?

Él negó con la cabeza y susurró algo. Daisy se inclinó sobre él para oírlo. Y al sentir su aliento en la oreja, se estremeció.

–No necesito a nadie, Daisy Dean –murmuró, apenas audible–. Ni siquiera a ti.

Ella lo miró y vio en su rostro la vulnerabilidad que trataba de ocultar. La necesitaba, aunque no lo quisiera. Y ella siempre ayudaba a quien lo necesitaba.

Enjuagó la toalla y se la colocó en la frente. Lo vio tensarse ante el frío, y todo su enorme cuerpo temblando.

–Es una pena, tipo duro –dijo, acariciándole la frente–. Me temo que voy a quedarme contigo hasta que seas lo bastante fuerte como para echarme.

Connor cerró los ojos. Bendito frío en su frente, alivio del infierno que amenazaba con hacerle explotar la cabeza. Le dolía cada músculo, pero aquellos toques sobre sus mejillas, su pecho, sus brazos... mantenían a raya los ardores, aunque fuera por poco tiempo.

Odiaba cuando sus hermanas lo mimaban de pequeño, intentando curar las heridas que su padre le provocaba durante alguna de sus palizas borracho. Ya entonces detestaba quedar en deuda con alguien, sentirse dependiente. Pero agradeció que su vecina estuviera cuidándolo. Abrió los ojos y apreció su piel de alabastro y su expresión serena y capaz. Le recordó a la *madonna* de la iglesia de San Patricio que le fascinaba de pequeño, cuando aún creía que sus plegarias serían escuchadas.

Su «virgen» se mordió el labio inferior y se giró hacia el cuenco de agua fría. Él contempló el delicioso movimiento de aquellos senos y la silueta de sus pezones erectos bajo el jersey. A pesar de la fiebre y el dolor de cabeza, su ingle respondió. Se revolvió incómodo.

Vio que se giraba hacia él, con sus rizos pelirrojos y sus grandes ojos verdes, y le apartaba el cabello de la frente con suavidad.

–Intenta dormir. La médico llegará enseguida.

Connor se asustó ante su deseo de desdecirse y pedirle que se quedara junto a él. Abrió la boca, pero no le salió más que un murmullo gutural. La agarró de la muñeca: tenía que lograr que se quedara.

–No hables o te agotarás –dijo ella, tomándolo de la mano–. No te preocupes, no voy a marcharme.

Era como si le hubiera leído la mente. Connor cerró los ojos y se sumió en la inconsciencia, aunque su mente se quedó enganchada en un último pensamiento: ¿querer ver desnuda a su ángel le enviaría directo al infierno?

Capítulo Tres

Daisy dejó la mano de Connor suavemente a su lado, escuchó su respiración agitada mientras se dormía y repasó las tres instrucciones que Maya le había dado, una de las cuales había fingido no oír.

Abrió las puertas de cristal, pero el aire nocturno resultaba igual de sofocante que durante el día.

Se sentó en la cama y se concentró en pasar de nuevo la toalla húmeda por aquel torso ardiente.

Después de cinco minutos, resultó evidente que la fiebre no iba a remitir. Incluso parecía estar empeorando. Daisy se enjugó la frente, maldiciendo su atuendo por milésima vez aquella noche.

¿Cuándo iba a llegar Maya? En realidad, era consciente de que estaba retrasando lo inevitable.

Vio a Connor moverse torpemente en la cama.

¿Dónde estaba el problema? Debería quitarle los pantalones de chándal y no darle más vueltas. Estaba comportándose como una colegiala, cuando era una mujer madura, juiciosa y con confianza en su sexualidad.

Tampoco era la primera vez que veía a un hombre desnudo. De acuerdo, él era un extraño, y su físico la había afectado de manera alarmante, pero no podía dejar que sufriera. Además, no era nada sexual, sólo intentaba bajarle la temperatura corporal hasta que Maya llegara.

Esperó que él al menos llevara ropa interior, pero le levantó la cinturilla un instante y vio sus rizos negros. Se le cayó la toalla húmeda. «Cálmate, Daisy. Puedes hacerlo. Tienes que hacerlo».

Ignoró su pulso descontrolado y su vientre ardiendo.

Buscó una sábana limpia con la que taparlo tras quitarle los pantalones. Ya no le quedaban más tácticas para ganar tiempo. Se sentó en el borde de la cama y sacudió el hombro de Connor.

—Debo quitarle los pantalones, señor Brody. Están empapados, y tenemos que lograr que le baje la fiebre.

Por única respuesta recibió un gemido. Tendría que confiar en que él no la denunciaría cuando se despertara y se viera desnudo.

Agarró la cinturilla del pantalón y contuvo el aliento. Apartó la mirada mientras tiraba de la prenda hacia abajo. Casi al momento, algo le impidió continuar. Tiró con más fuerza, él gimió y la prenda superó el impedimento.

Tras unos momentos más, los pantalones se quedaron enganchados de nuevo. Probablemente por los glúteos. Resopló, sin atreverse a mirar, sabiendo que eso la excitaría enormemente.

De pronto, viendo que él rodaba de perfil, aprovechó para tirar nuevamente. Consiguió bajárselos antes de que él volviera a tumbarse boca arriba. Se quedaron tan cerca, que podía sentir el calor que irradiaba su piel, y oler su aroma a hombre y a jabón de sándalo.

«No lo mires», se repitió en su interior, con la vista clavada en la puerta abierta mientras los dedos le cosquilleaban con el vello de aquellos muslos.

Él gimió de nuevo, pero no de dolor como antes, sino más sensual. Daisy resopló, maldiciendo su hiperactiva imaginación mientras su cuerpo respondía.

«Sé seria. Esta situación no es erótica. Finge que estás desvistiendo a un niño enfermo», se dijo. Pero sólo podía considerarlo un hombre en la flor de la vida, extremadamente sexy y desnudo.

A la altura de los tobillos, el pantalón se quedó estancado sin solución. Maldición, iba a tener que mirar para solucionar el problema.

«Mantén la mirada baja. Recuerda, mírate los pies».

Murmurando el nuevo mantra, elevó la vista y se fijó al instante en lo que no debía. Algo que la dejó boquiabierta y desató un volcán en su entrepierna. A pesar de la fiebre, él estaba erecto. Siempre había creído que el tamaño no importaba, pero eso había sido antes de ver aquello. Connor Brody era magnífico en todos los sentidos.

Tuvo que contenerse para no acariciarlo. Apretó los puños y los dientes, y elevó la vista al techo, disgustada consigo misma. Lo que acababa de hacer era una invasión a la privacidad, algo poco ético y contrario a la idea que tenía de sí misma. No tenía derecho a aprovecharse de aquel hombre enfermo que necesitaba su ayuda.

Lo tapó con la sábana, que formó un montículo en la zona crítica, sin disfrazar lo que había debajo. De hecho, la suntuosa sábana blanca sobre su piel bronceada le hacía aún más atractivo.

Necesitó unos cuantos segundos para poder quitarle los pantalones, al tiempo que luchaba por olvidar lo que había visto. Sin éxito.

Volvió a mirar y advirtió la pequeña cicatriz en su

cadera. Se quedó sin aliento. Aquel cuerpo alto y delgado, musculoso y moreno, junto con su deslumbrante rostro, conformaban un conjunto más que interesante, por no mencionar el reciente descubrimiento, que la tenía revolucionada. Pero más atractivo aún resultaba esa perspectiva de peligro, de algo aún salvaje, relacionada con él.

Ninguno de los hombres con los que había estado le habían provocado ese efecto, y Connor ni siquiera estaba despierto.

Frunció el ceño, respirando aceleradamente, y justo llamaron al timbre. Saltó de la cama tan rápido que casi se cayó de bruces sobre la alfombra.

Él debió de oírla, porque parpadeó y gruñó algo antes de volverse de perfil, llevándose con él la sábana y dejando al descubierto el trasero más bonito que Daisy había visto nunca. Se apresuró a taparlo antes de que su tensión sanguínea se disparara al infinito.

Así de alterada, se dirigió a la puerta principal. Inspiró hondo varias veces mientras intentaba abrirla. «Contrólate. Sólo es un hombre guapo. Y, a juzgar por su arrogante comportamiento de antes, no muy agradable».

Abrió la puerta y encontró a su amiga y médico, Maya Patel.

–Ya puede ser algo importante, Daisy –saludó nerviosa, con el maletín al hombro y no tan divina como de costumbre–. Supongo que te das cuenta de que no puedo tratarle porque no pertenece a nuestro seguro médico. Podrían denunciarme, y...

Se detuvo a mitad de frase, al fijarse bien en Daisy.

–¿Y este nuevo look? ¿Estás de entierro o algo?

«Sí, por mi libido», pensó Daisy con ironía.

–Es una larga historia –respondió, mientras la conducía a la habitación.

Cuanto menos supiera de la situación, mejor.

–¿Y quién es este tipo? –inquirió Maya, siguiéndola al interior del dormitorio en sombras.

–Ya te lo he dicho, es mi nuevo vecino.

«Y el causante de mi descontrol sexual».

–Me presenté preguntando por Señor Pootles, y se desmayó delante de mí.

Algo así.

–Echémosle un vistazo –anunció Maya, sentándose al borde de la cama y dejando su maletín en el suelo–. ¿Cómo has dicho que se llama?

–Connor Brody.

Maya le tocó en el hombro.

–Connor, soy la doctora Patel. He venido a examinarte –saludó y, al no obtener respuesta, le tocó la frente–. Tiene mucha fiebre. ¿Cuánto tiempo lleva así?

Daisy miró la hora: sólo habían pasado quince minutos desde el desmayo, aunque le había parecido una eternidad. Le contó todo lo que sabía a su amiga.

–¿Te importará si paso por mi casa mientras tú lo examinas? –preguntó–. Estaré de regreso en cuando haya informado a Juno de lo que ocurre.

–Claro, no será mucho tiempo –accedió Maya, sacando un termómetro y un estetoscopio de su maletín–. Parece la desagradable gripe de veinticuatro horas que me ha tenido de casa en casa últimamente, pero voy a asegurarme de que no es nada más serio.

Daisy salió a toda velocidad de la habitación. No quería ver de nuevo la anatomía de Connor, ya tenía suficiente para mantener sus fantasías eróticas durante semanas.

–¿Te has vuelto loca?

Daisy ignoró el grito de Juno conforme entraba en su habitación, envuelta en una toalla tras haberse duchado.

–Tengo que regresar allí. Está muy enfermo. No puedo dejarle solo.

–¿Por qué no? No sabes nada de él –protestó Juno–. ¿Y si se pone violento?

Era lo que menos le preocupaba a Daisy.

–No seas melodramática. Te lo he dicho, ha sido un malentendido –replicó, revisando su vestuario–. Ha cuidado al gato de la señora Valdermeyer. Creo que le he juzgado antes de tiempo. No es un mal tipo.

Sacó su vestido preferido, de algodón cortado al bies y estampado con flores rosas.

–En cuanto la fiebre remita y me asegure de que él está bien, me iré.

No tenía ningún interés en encontrarse cerca de él cuando recuperara sus facultades. Ya era suficientemente devastador inconsciente.

–Pero es de noche, es un extraño y vas a quedarte a solas con él en su casa –gimió Juno.

Daisy, que estaba poniéndose su ropa interior más sexy, se detuvo.

–Estaré perfectamente a salvo. Aparte de todo, él está inconsciente –aseguró, y le enseñó la espalda–. Súbeme la cremallera. Le he dicho a Maya que regresaría enseguida.

Daisy ignoró los gruñidos de su amiga, se perfumó

las muñecas, se puso sus pulseras y se cepilló el cabello recién limpio.

Sabía por qué Juno era tan pesimista, por qué se ocultaba tras grandes monos y el ceño fruncido, y por qué siempre veía el lado malo. La habían herido una vez, gravemente, y había dejado de confiar en los hombres. En el caso de Daisy, ella era quien se había comportado inapropiadamente en casa de Connor.

–¿Por qué te arreglas tanto? –le reprochó Juno, censurándola con la mirada.

–No lo estoy haciendo –replicó Daisy ofendida, con el pintalabios en la mano.

Al mirarse al espejo, tuvo que darle la razón. Parecía que fuera de fiesta, en lugar de a cuidar a un enfermo. Abrumada, guardó el pintalabios en su neceser.

No estaba arreglándose tanto por Connor Brody. Él ni siquiera le gustaba, se dijo, y se calzó unas Converse desgastadas, renunciando a las sandalias hindúes que había sacado del armario.

–No voy muy arreglada... sólo cómoda –dijo sin mucha convicción.

Ignoró los murmullos de protesta de su amiga.

–No me esperes levantada –avisó, cerrando la puerta de su habitación–. No sé cuándo volveré.

–¡Ten cuidado!

El combado pasamanos crujió cuando Daisy bajó las escaleras. Se fijó en la pintura que estaba levantándose cerca de la puerta principal. Las imperfecciones de aquella casa siempre le habían hecho sentirse arropada y segura. Mientras se acercaba a la puerta de Connor, no pudo evitar comparar la casa vieja y desgastada de la señora Valdermeyer con la perfección impersonal de la de su vecino.

Suspiró mientras se adentraba en ella.

Ver el cuerpo desnudo de Connor le había altera-
do las hormonas, pero no iba a permitir que también
le afectara al cerebro. Lo último que necesitaba era
que ocurriera algo entre su vecino y ella. Era tan poco
apropiado, que ni siquiera resultaba divertido.

–Probablemente estará medio despierto-medio
dormido hasta que la fiebre remita –anunció Maya,
echándose el maletín al hombro–. Sigue pasándole
paños fríos. Y si puedes, que tome otro paracetamol
dentro de cuatro horas. Estará bien en cuanto haya
sudado el virus. Tiene unos treinta y nueve grados de
fiebre, pero es habitual. Si aumenta, avísame. Afortunadamente, respira bien y es un hombre joven y sano.

Maya sonrió.

–De hecho, si no estuviera aquí por una cuestión
profesional, por no mencionar que estoy casada y soy
madre de tres hijos, diría que es todo un monumento.

Daisy se concentró en abrir la puerta principal,
con las mejillas encendidas.

–Lo ha pasado mal en el pasado –añadió Maya–. Pero
parece haberlo superado sorprendentemente bien.

–¿Te refieres a las cicatrices de su espalda? –inquirió Daisy, abriendo la pesada puerta.

–Sí. ¿Sabes dónde se las hizo?

–No, apenas lo conozco –contestó Daisy, y la curiosidad le pudo–. Como profesional, ¿qué te parecen?

–Son antiguas, probablemente de antes de ser
adolescente, pero no soy ninguna experta –respondió Maya, y soltó una risita mientras salía por la puerta–. ¿Y por qué te importa si apenas lo conoces?

Daisy intentó responder con algo que no sonara muy sospechoso, pero no se le ocurría nada.

Maya la apuntó con un dedo acusador.

–Eso me había parecido. No soy la única que cree que nuestro paciente es un monumento.

–No está mal –comentó Daisy, rezando para que el rubor de sus mejillas no la delatara.

Maya bajó las escaleras.

–Si la fiebre no ha remitido mañana, avísame –dijo, y le guiñó un ojo–. Y vigila tu temperatura. Estar a solas con un hombre tan atractivo y tan desnudo toda la noche puede ser un trabajo duro... pero estoy segura de que puedes hacerlo.

Rió al ver que las mejillas se le ponían coloradas como la grana, y se metió en su coche.

Daisy cerró la puerta y se apoyó contra ella. Una horda de mariposas bombardearon su estómago. Sí que iba a ser un duro trabajo, Maya no sabía ni la mitad.

Capítulo Cuatro

Connor se despertó sobresaltado a la luz matutina. Las sombras de la larga y traumática noche todavía se mantenían en su subconsciente.

Entrecerró los ojos, se los tapó con un brazo, y advirtió varias cosas a la vez: el martilleo de su cabeza había cesado, los músculos no le dolían y ya no estaba durmiendo en una sauna. Bajó el brazo conforme sus ojos se acostumbraban a la luz, contempló el viejo castaño de su jardín, y se disipó lo que quedaba de la oscuridad.

Qué maravilla no sentir como si le hubieran dado una paliza.

¿Cuánto tiempo había estado fuera? Percibió el aroma de un perfume, floral, especiado y tremendamente erótico. Recuerdos de la noche lo asaltaron: el dolor, el calor, el terror. Pero más vívidos aún eran los recuerdos de palabras tranquilizadoras, de manos firmes acariciándolo hasta hacerle olvidar el momento en que las crueles imágenes del pasado lo habían asaltado. Y todos los buenos recuerdos compartían aquel delicioso aroma. Ella se había quedado, tal y como había prometido.

Connor se apoyó en sus codos, mientras el pánico le subía por la columna. «¿Dónde está ahora? ¿Se ha ido?».

El corazón se le aquietó cuando la vio acurrucada en una butaca. Se la quedó mirando embobado, y se sintió imbécil. ¿Cuándo se había ablandado tanto? Las pesadillas lo habían acosado toda su vida, haciéndose con él en momentos de debilidad, pero había aprendido a manejarlas hacía mucho tiempo. Ya no le acuciaban como antes. Había sido bueno que ella se quedara por la noche, que lo vigilara al atravesar la fiebre y los familiares demonios que acarreaba consigo, pero no la necesitaba allí. Aunque mirarla a la luz del día era un placer, pensó con una sonrisa.

Se había quitado su atuendo de ladrona de gatos, una pena. El vestido moldeaba su figura fabulosamente, pero se adivinaba el tirante del sujetador, con lo cual sus pezones ya no quedaban al descubierto. Aun así, la piel pálida de su escote lo compensaba.

Su abundante cabello rojo caía en suaves rizos sobre sus hombros, enmarcándole los altos pómulos. Sonrió al mirarle los pies, recogidos bajo el trasero, y vio un par de gastadas botas de baloncesto con cordones verde chillón.

Esa mezcla de estilos le pegaba. Por lo poco que podía recordar de la noche anterior, antes de desmayarse, ella había sido cabezota y difícil de tratar, pero de corazón sorprendentemente grande cuando su tendencia de ángel piadoso había acudido al rescate.

Se sentó, y luego se puso en pie, contento de que las piernas no le temblaran. Se enrolló la sábana a la cintura y sonrió más ampliamente al ver sus pantalones cuidadosamente doblados a los pies de la cama. Así que ella lo había desnudado. Le habría encantado haberla visto en ese momento.

Se estiró, bostezó y se frotó la garganta, encantado de comprobar que ya no le dolía, sin apartar los ojos de su ángel. Era muy guapa, aunque de una belleza excéntrica.

A pesar de los horrores de la noche anterior, el deseo se apoderó de él. Pero el estómago le rugió, interrumpiendo el erotismo de sus pensamientos, y recordándole que lo único que había comido en las últimas veinticuatro horas habían sido los deliciosos brownies cocinados por ella.

La observó detenidamente: estaba totalmente dormida, y los senos le subían y bajaban rítmicamente. Y le dio un vuelco el corazón: se había agotado por él. Era la primera vez que le sucedía algo así.

Teniendo en cuenta el detalle de los brownies y aquella loca misión de salvar al gato de su casera, su dulce y atractiva vecina era, sin duda, una buena samaritana. Definitivamente, no su tipo de mujer. Aunque debía darle las gracias por haber sido tan amable. Al menos, debía hacerle saber que no le guardaba rencor por haberse colado en su jardín.

Soltó una risita. Lo que le gustaría sería tomarla en brazos y besarla largamente para demostrarle su agradecimiento. Pero resistió el impulso. Antes, necesitaba una ducha.

Se acercó a las puertas de cristal y cerró las cortinas. La dejaría dormir un poco más. Una vez que se hubiera arreglado y engañado a su hambre atroz, la despertaría. Le ofrecería un desayuno y tal vez podrían darse ese beso de agradecimiento, si ella quería. No había nada de malo en intentar celebrar su recuperación antes de que ella volviera a su casa con la gata y sus cachorros. Si no recordaba mal, antes de su desmayo ella no había sido lo que se dice inmune a él.

Comenzó a silbar suavemente al salir de la habitación. Se sentía débil, seguramente por no haber comido, pero el resto de síntomas habían desaparecido. Parecía que iba a hacer otro día abrasador. Telefonearía a la tienda gourmet de la esquina para que le llevaran pastas y café, y podrían desayunar en la terraza. Le apetecía descubrir un poco más de la misteriosa Daisy Dean antes de despedirse de ella.

Todos los nervios y tensiones de los últimos días, y los tormentos nocturnos, desaparecieron conforme subía la escalera hacia su dormitorio. Qué maravilla estar recuperado. Y las perspectivas aligeraron sus pasos, haciéndole sentirse como un niño de vacaciones el primer día de verano.

Una hora más tarde, Connor se había dado una ducha bien caliente, se había puesto sus vaqueros favoritos y una camiseta de los Boston Celtics, y había tomado los dos últimos brownies y una taza de café.

Entró en la habitación de invitados y frunció el ceño. Cara de Ángel no se había movido. Se acercó a ella. Espesas pestañas reposaban sobre sus mejillas pálidas, y roncaba levemente.

Tomó entre sus dedos un mechón pelirrojo que le cruzaba el rostro, lo olió y se lo recogió tras la oreja. Le acarició la mejilla con un dedo, sintiendo su suave piel, y contuvo el impulso de despertarla con un beso.

Ladeó la cabeza. Ella estaba sentada en una posición muy incómoda, tendría tortícolis al despertar. Estaría más cómoda en su cama, con sábanas limpias. Era lo menos que podía hacer, después de sus cuidados.

Hombre que no se planteaba las cosas dos veces, Connor la agarró en brazos. Ella murmuró algo y se acurrucó contra su pecho, envolviéndolo en su delicioso aroma. Tan delicioso, que le costó mucho controlar su excitación conforme salía del dormitorio.

Daisy no pesaba nada, y en menos de un minuto la había subido a su habitación. Mientras la dejaba en mitad de la enorme cama, se dio cuenta de lo menuda que era. Poco más de metro y medio. La noche anterior no lo habría dicho, seguramente porque su indignación le había hecho parecer más alta. Sonrió de nuevo, en jarras. Ella no había logrado intimidarlo demasiado, y él había estado de suficiente mal humor como para hacer que lo pasara mal.

Se acercó a las ventanas, para echar las cortinas.

—¿Dónde estoy?

Connor se giró al oír el murmullo, y vio a su invitada incorporada sobre los codos. Lo miró con sus grandes ojos verdes, confusa y recelosa... y para comérsela.

—Estabas profundamente dormida —informó él, terminando de cerrar las cortinas—. He supuesto que descansarías mejor en la cama.

Ella abrió mucho los ojos.

—¡Señor Brody! ¿Qué hace levantado?

Él se sentó al borde de la cama y sonrió, conmovido por su preocupación.

—Estoy como una rosa, gracias a ti.

Paseó un dedo por su cuello y notó que ella se estremecía.

—Y, dado que me has visto desnudo, Daisy Dean, sería mejor que me tutearas, ¿no crees?

Vio que se le encendían las mejillas y soltó una risita. El deseo le recorría de nuevo, más fuerte esa vez. Claramente, ella también se sentía atraída.

¿Qué demonios, por qué no dejar el desayuno para después del beso de agradecimiento?

***

Daisy parpadeó, plenamente despierta ya. Cielo santo, aquel rostro resultaba aún más irresistible a la luz del día.

El comentario de él le trajo peligrosos recuerdos: lo fabuloso que resultaba desnudo, y cuan detenidamente había estudiado sus atractivos.

Se sentó en la cama. ¿Se habría dado cuenta él? Tal vez no había estado tan inconsciente como creía.

—Me alegro mucho de que estés mejor. Siento haberme quedado dormida, pero ha sido una larga noche.

Inspiró el aroma a hombre recién duchado y le asaltaron los recuerdos de nuevo.

—Sí lo ha sido —dijo él, con una sonrisa llena de confianza que estaba afectándole más de lo que le gustaría.

—Debo marcharme —anunció—. Es obvio que ya no me necesitas.

Él la sujetó del brazo.

—No vas a salir corriendo sin que antes te dé las gracias —señaló, clavando la mirada en sus labios—. En condiciones.

Daisy sintió un volcán en su entrepierna. Pero, en lugar de negarse educadamente, que era lo que su mente quería que hiciera, se le escapó:

—¿Y cómo pretendes hacerlo?

Con mirada encendida, él tomó su rostro entre las manos, endurecidas pero increíblemente eróticas, las hundió en su cabello y se lo retiró del rostro.

—¿Qué tal si empezamos así? —murmuró, con una sonrisa irresistible, acariciándole las mejillas con su aliento.

Y entonces la besó. Fue una calidez tan abruma-

41

dora, tan inesperada, que Daisy ahogó un grito. Aquella lengua investigaba, tan firme y posesiva que su mente dejó de funcionarle conforme la adrenalina inundaba su torrente sanguíneo.

Él sabía a café, chocolate y peligro. Daisy lo agarró de la nuca, temblorosa, y lo atrajo hacia sí como una mujer ahogándose en busca de aire.

Connor no necesitó más ánimos. El beso pasó de persuasivo a exigente, mientras la apretaba contra sí y le acariciaba la espalda. Daisy sintió el peso de su fuerte cuerpo al tumbarla sobre la cama y gimió perpleja. Aquello era una locura, pero no le importaba.

Connor le bajó la cremallera y se separó. Se cruzaron una mirada ardiente.

–Eres preciosa, Daisy Dean –alabó, acariciándole los pezones a través del tejido, sin dejar de mirarla a los ojos–. Quiero verte desnuda.

Fue tanto una pregunta como una petición.

Con la respiración acelerada, y tan excitada que le dolía, Daisy se quitó el corpiño del vestido, se desabrochó el sujetador y dejó sus senos al descubierto. Debería sentirse abrumada. Debería apartarlo de sí. Aquello era un error y lo sabía. Llevaba toda la noche diciéndose que él ni siquiera le gustaba, que no era su tipo. Pero el tiempo empleado en cuidarlo, oyendo sus gritos provocados por pesadillas, había formado un vínculo de intimidad a un nivel muy profundo. Aquélla era la única manera de romper el encantamiento.

Ella también quería verlo desnudo. Y sentirlo en su interior.

Vio que él se colocaba a horcajadas y observó su erección aprisionada por el vaquero. Su sentido común se disipó, dejándola en manos del deseo físico que la poseía.

Intentó moverse, pero él la aprisionaba.

–Tendrás que soltarme si quieres que me desnude –apuntó ella.

–Tienes razón –dijo él con una sonrisa, y saltó de la cama–. ¡Te echo una carrera!

Daisy se sentó y le observó maravillada mientras se quitaba la camiseta, descubriendo el fabuloso torso que ella había pasado la noche humedeciendo con agua fría. Apartó la vista, decidida a que nada la distrajera del desafío. Iba a ganar esa carrera.

Se entretuvo un poco con los cordones de las botas y, conforme lograba quitárselas y continuaba con el vestido, oyó los vaqueros de él cayendo al suelo.

Se estremeció de deseo al elevar la vista y verlo de pie frente a ella, gloriosamente desnudo y con una erección aún más magnífica de lo que recordaba.

Se le aceleró la respiración, conforme el temor y la ilusión la quemaban por dentro.

Connor se subió a la cama, la agarró de un tobillo.

–Ven aquí, –dijo, colocándola debajo de él.

–Espera –dijo ella, apoyándose en su pecho a modo de barrera–. Quiero tocarte.

–Lo mismo digo –comentó él, tomándola de la barbilla–. Negociemos.

La besó y la aplastó contra el colchón. El vello de su pecho rozó los pezones duros. Daisy tomó aire y lo soltó entrecortadamente conforme él la besaba en el escote, lamía sus senos y le mordisqueaba los pezones. Sus manos endurecidas la agarraron de los glúteos mientras volvía a besarla, tan eróticamente que temió que le consumieran las llamas del deseo.

Temblando de tanto contenerse, posó su mano en la erección de él. Y al rodearlo con los dedos, notó que se estremecía y apoyaba la frente contra la suya. Se recreó en explorarlo y sentirlo, tal y como había deseado toda la noche. Era todo lo que ella siempre había imaginado, y más. Terciopelo sobre acero. Sólido, cálido, sensible a sus caricias. Pasó el pulgar por la cabeza húmeda. Él maldijo en voz baja, la sujetó de la muñeca y se echó hacia atrás.

—Será mejor que no sigas, o esto habrá terminado antes de empezar —advirtió.

—Quiero seguir —replicó ella con desesperación.

«No me hagas detenerme. No me hagas pensar», gritaba su mente. «Sólo quiero sentir».

—¿Estás segura? No quiero presionarte —dijo él.

Nunca había estado tan segura de algo en su vida.

—Quiero ir deprisa. Estoy preparada —aseguró, alarmada por la potencia del deseo que la poseía.

Tenía que hacerlo antes de que la deliciosa nube de sensaciones se disipara.

—A ver cuánto de preparada estás —murmuró él.

Antes de que Daisy adivinara a qué se refería, notó los dedos de él rodeando su sexo. Se estremeció conforme le acariciaba el clítoris e investigaba un poco más. Gritó y se colgó de sus hombros, tan húmeda gracias a esos dedos sabios que creía que iba a explotar.

Él rió satisfecho.

—Cielos, eres increíble —alabó.

La penetró con los dedos, al tiempo que le acariciaba el clítoris con el pulgar. Daisy gimió, a punto de perder el control.

—Pero estás un poco prieta, Cara de Ángel —lamentó él.

–¿Cómo dices? –preguntó ella, confusa.

¿A qué esperaba?

Él gimió y la sujetó de los glúteos mientras acercaba su erección a los húmedos pliegues de su sexo.

–No quiero hacerte daño.

–Eso no va a pasar –le aseguró ella–. Te quiero dentro de mí. Ahora.

¿Cuántos ánimos más necesitaba?

–¿Estás segura?

Daisy quiso gritar. Asintió, elevando las rodillas y las caderas para recibirlo mejor, tan desesperada que había perdido la capacidad de hablar.

De pronto, él maldijo en voz baja y se levantó de la cama.

Daisy se incorporó sobre los codos. ¿Se había vuelto loco?

–¿Adónde vas? –gritó exasperada.

Él se inclinó para sacar algo de la mesilla.

–¿Por qué tanta prisa, ángel? –murmuró.

–¿Prisa? ¿Estás bromeando? –replicó ella, temblando de lujuria y frustración.

Quería gritar hasta tirar la casa abajo. ¡Él la había llevado al borde del orgasmo y, de pronto, desaparecía!

Lo vio girarse con un paquete en la mano y se ruborizó de vergüenza. ¿Cómo podía haber olvidado la protección?

–Nada de bromas –contestó él, con cierta suficiencia–. Mejor no tener sorpresas.

Se arrodilló en la cama y sonrió mientras abría el paquete y se colocaba el preservativo. Luego, la tomó de los hombros, haciéndola tumbarse de nuevo.

–¿Nadie te ha dicho que la paciencia es una virtud, ángel? –dijo, clavando la vista en sus pezones erectos–. Aunque lo que estoy pensando ahora no es muy virtuoso que se diga.

Daisy no pudo responder porque le tapó la boca con un beso. Ella correspondió, dejándose llevar por la sensación. Y al abrazarlo y tocar las cicatrices de su espalda, la ternura se equiparó al deseo.

Él la sujetó de las caderas y, con un suave movimiento, la penetró. Daisy sollozó ligeramente, abrumada por la plenitud, queriendo gritar por la mezcla de emociones. Entonces él comenzó a moverse, lenta e insistentemente, implacable, para llevarla al orgasmo.

Un gemido de asombro escapó de la garganta de Daisy cuando el intenso placer le sacudió todo el cuerpo. Abrazó a Connor por la cintura con las piernas, ambos bañados en sudor, y se movió para acompañar las acometidas. Él la penetró más profundamente. Los agudos jadeos de ella se mezclaban con los más graves de él. Toda esa tensión culminó en la cresta de una fabulosa ola. Los sollozos entrecortados repicaron en su cabeza conforme se liberaba y explotaba en lo más alto... y a continuación oyó el grito ahogado de él conforme se dejaba ir tras ella.

–Ha sido maravilloso. Eres maravillosa –murmuró Connor, acariciando la mejilla de Daisy.

Era un cliché, pero ¿qué otra cosa podía decir? De no estar tumbado, se habría caído al suelo. Nunca había tenido un orgasmo tan potente y satisfactorio. La experiencia había sido, literalmente, alucinante.

Empleando las pocas fuerzas que le quedaban, se apoyó en sus brazos para no aplastar a la mujer responsable de su debilidad. La vio abrir los ojos y sonrió. Parecía tan agotada como él, e igualmente maravillada.

Entonces sus músculos vaginales se contrajeron alrededor de él, consecuencia del orgasmo.

–Lo siento –susurró, sonrojándose.

¿Por qué parecía horrorizada?, se preguntó Connor. Con ella tan prieta aún a su alrededor, le resultaba difícil que le importara. Sintiendo que la sangre acudía de nuevo a su pelvis, hizo lo decente, no sin lamentarse, y salió de ella. La siguiente ronda tendría que esperar. Algo la había asustado, y él no quería eso.

Se tumbó a su lado y la observó. Recorrió la figura menuda con la mirada y se detuvo en su rostro. Ella tenía las mejillas arreboladas y las pupilas dilatadas de placer, mientras que las pecas de su nariz definían mejor sus pómulos marcados. Era una belleza.

Ella se ruborizó aún más, apartó la mirada e intentó escapar de debajo de él. Connor la retuvo por la cintura.

–¿Adónde te crees que vas? No hemos hecho más que empezar.

Ella intentó soltarse y lo miró, con las mejillas escarlata.

–No hay tiempo para nada más. Tengo que marcharme, señor Brody. De veras.

Él la miró asombrado ante el tratamiento formal. Y, sin poder evitarlo, echó la cabeza hacia atrás y soltó una carcajada. Cuando logró controlar ese ataque, ella estaba tensa y lo taladraba con mirada desafiante.

Connor sonrió y sacudió la cabeza. ¡Mujeres! ¿Quién las entendía? Pero eso las hacía más fascinantes.

–Cara de Ángel –murmuró–. Dado que acabamos de hacer el amor como conejos, creo que deberías tutearme.

Capítulo Cinco

Daisy se sentía terriblemente mortificada. Pero no sabía si estaba más molesta con su propio comportamiento, o con la mirada condescendiente de su acompañante mientras la mantenía atrapada a su lado.

–No me siento cómoda tuteándote –le espetó.

Y se dio cuenta de lo remilgada y ridícula que parecía.

Agradeció que él no volviera a reírse, aunque el brillo de su mirada expresaba claramente que estaba conteniéndose.

–¿Quieres que te haga sentir cómoda?

Le puso la sábana por encima, posó su mano sobre el suntuoso tejido y enarcó una ceja, invitándola a compartir la broma.

Daisy sintió el cálido peso de aquella mano sobre su vientre y se giró, sintiéndose tan expuesta que deseó que la tragara la tierra.

Al despertarse momentos antes y encontrarse que la miraba, arrebolado y con una erección aún gloriosa en su interior, la verdad le había asustado: había casi violado a un completo extraño. Lo cual significaba que era hija de su madre, después de todo. Una madre que había pasado toda su vida atándose al primer hombre que le proporcionara un orgasmo decente.

Connor no sabía nada de ella, podía creer que se acostaba con cualquiera. Y el hecho de que el orgas-

48

mo que habían compartido fuera el más increíble de su vida sólo empeoraba la situación. Sus hormonas le incitaban a creer que habían compartido una intimidad, una conexión, que en realidad no existía.

Había usado a aquel hombre y su irresistible cuerpo para saciar una necesidad física... y había terminado víctima de su propia libido. Al hacerlo, había roto el juramento que se había hecho a sí misma de adolescente: que nunca sería como su madre, no permitiría que la libido mandara en su vida.

Un pulgar calloso le acarició la mejilla.

—¿Qué ocurre? Dímelo e intentaremos arreglarlo.

Daisy se giró hacia él. La ternura en sus ojos la sorprendió, pero su sonrisa arrogante le contradecía.

Su sufrimiento fue reemplazado por enfado. No le gustaba que a él le resultara tan gracioso presenciar la mayor crisis de identidad de su vida. Se sentó bruscamente.

—Estoy perfectamente —aseguró, con tanta firmeza como pudo.

Se subió la sábana hasta taparse los senos, se recogió el cabello detrás de las orejas y se sintió un poco mejor. Siempre había sido una mujer de acción: cuando veía un problema, lo solucionaba. Después ya tendría tiempo de analizar su licencioso comportamiento. En aquel momento necesitaba apartarse de su atractivo vecino antes de que ocurriera nada más.

—Esto es un poco extraño, pero ¿podrías darme mi vestido? Tengo que irme.

Él no se movió, así que Daisy pasó por encima de él con intención de recogerlo. A mitad de camino, él le acarició el cabello.

—¿Qué prisa tienes? —murmuró con voz ronca pero

firme–. Hablemos de ello. Sea lo que sea, podemos arreglarlo.

Ella lo miró por encima del hombro. No podía creerlo. La única vez en su vida en que no quería hablar de sus sentimientos, encontraba al único hombre del planeta que quería escucharla.

–Señor Bro... –comenzó, y se detuvo al verlo enarcar una ceja–. Connor, nos hemos acostado juntos. Ha sido fabuloso. Gracias. Pero no creo que haya más que decir.

Le pareció que él se sorprendía, pero continuó.

–No tenemos nada en común –dijo, bajándose de la cama y cambiando la sábana por el vestido–. Y es evidente que no estamos hechos el uno para el otro. Ha sido un encuentro fugaz y único después de una noche difícil.

Podía olvidarse de repetir, una sola vez ya había sido suficientemente devastadora para su paz mental.

Se puso las bragas, recogió el sujetador del suelo y lo metió en el bolsillo de su vestido.

–Así que, ¿por qué no lo dejamos así? –dijo, con una bota en la mano, buscando la otra.

–¿Hablas en serio?

Él no se había movido. La sábana reposaba deliciosamente baja en sus caderas mientras la miraba.

–Absolutamente –respondió ella, forzando una sonrisa.

No cabía duda de que era la primera vez que una mujer salía corriendo de su lado, pero tendría que aprender a vivir con ello. Ella tenía sus propios problemas. Divisó la bota que le faltaba bajo la cama.

Él hizo ademán de levantarse, la sábana apenas le cubría. Daisy le indicó que se detuviera.

–Gracias, no hace falta que te levantes. Puedo encontrar la salida yo sola –le espetó.

Lo último que necesitaba era ver de nuevo aquel espectacular físico.

Y, antes de que él pudiera decir nada, salió por la puerta, descalza.

Connor se quedó mirando la puerta abierta del dormitorio y escuchó los pasos de Daisy corriendo escaleras abajo. Su portazo resonó por toda la casa.

Se tumbó de nuevo y clavó la vista en el techo. ¿A qué demonios se debía esa huida a toda velocidad? Le recordaba a la rutina masculina de «después del sexo, si te he visto no me acuerdo».

Debería estar dolido, pero antes tenía que reponerse del shock.

Tampoco era la primera vez que le plantaban. Pero nunca había conocido a una mujer que no quisiera expresarle lo que pensaba. ¿Por qué le importaba entonces que Daisy no hubiera querido hablar? Él sólo quería calmarla y que se quedara.

Satisfecho sexualmente, y medio dormido, intentó convencerse de que así era mejor. Debería estar encantado: ninguno de los dos buscaba algo serio. Así, las cosas serían menos complicadas.

Se frotó la tripa, estiró las piernas bajo la sábana, se planteó darse otra ducha y captó levemente el aroma de Daisy. Su ingle reaccionó. Frunció el ceño y se sentó. El problema era que no estaba saciado, aún no había terminado con ella. De acuerdo, no tenían nada en común, y su encuentro no tenía ningún futuro. Pero él no había querido que terminara tan pronto.

Tenía planes para ese día. En un principio no consistían en compartir el mejor sexo de su vida, pero tampoco había por qué oponerse a ello. Eran más que compatibles en la cama. Ella se había quedado tan apabullada como él por la intensidad de...

Detuvo sus pensamientos. ¿Acaso ella había salido huyendo por lo bien que habían conectado? Se recostó en la almohada, relajándose, y la presión en su ingle comenzó a remitir.

Ése debía de ser el problema. Daisy era la mujer más directa y pragmática que había conocido, pero ¿no era típico de toda mujer analizar las cosas hasta el límite? Y preocuparse de lo que significaba un sexo estupendo en lugar de simplemente disfrutarlo mientras durara.

Ahogó una carcajada.

No tenía por qué sentirse tratado injustamente. La pequeña Daisy tal vez se convirtiera en su mujer ideal. Alguien suficientemente sexy para encenderlo, y suficientemente lista para saber que él no era un buen candidato para una relación seria. Cielos, acababan de conocerse y ella ya se había dado cuenta. Lo único que tenía que hacer era mostrarle que, aunque no fueran a pasar el resto de su vida juntos, de momento podían dedicarse a explorar su potencial en otras áreas.

Se levantó de la cama, restaurada su fe en las mujeres. Se ducharía, se vestiría y se pasaría por su casa, para invitarla a desayunar. Y la convencería para que en los próximos dos días renunciara a sus planes.

Capítulo Seis

Connor no se sentía tan alegre dos horas después, frente a la puerta de Daisy. Oyó el furioso siseo felino proveniente de la caja que sujetaba y tocó el timbre, impaciente por ver a Daisy de nuevo y conseguir al menos una satisfacción a su manera.

Le había llevado una eternidad atrapar a la gata de la casera y meterla en la caja, prueba de ello eran los arañazos en sus manos. Desafortunadamente, la felina no había sido el único problema de la mañana. Después de que el arquitecto del proyecto de París lo llamara aterrado, había tenido que comprar un billete del Eurostar para aquella misma tarde. Y nada más colgar con su asistente, Danny le había telefoneado desde Manhattan, rogándole que llegara una semana antes, dada la inminente posibilidad de que el proyecto Melrose se desmoronara. No había querido oírle hablar de la solución de fingir que estaba prometido, así que había terminado accediendo a llegar desde París al final de la semana.

Todo lo cual hacía que sus planes de meter a Daisy Dean en su cama próximamente quedaran congelados. Pero, una vez con la gata dentro de la caja, había decidido que aún no estaba preparado para renunciar a la idea. La llevaría a un acogedor restaurante en Notting Hill donde hablarían de sus próximos encuentros. Tres semanas sin verse sería doloroso, pero podría soportarlo si tenía algún plan para su regreso.

Llamó de nuevo al timbre. ¿Dónde demonios estaba Daisy? Eran las diez de la mañana de un domingo y había pasado despierta casi toda la noche.

Se fijó en el descuidado estado de la casa y se animó: tal vez podía convencerla de que le cuidara la casa mientras él estaba fuera. Le gustaba la idea de que ella se quedara allí, esperándolo a su regreso del viaje. Estaba imaginando cómo podrían celebrar su llegada, cuando la puerta se abrió.

–Vaya, si es el vecino invisible –saludó altaneramente una anciana.

La voluminosa bata de seda adornada con plumas que llevaba parecía sacada de una película clásica de Hollywood. Su estatura menuda y el pelo blanco que asomaba bajo el turbante a juego podrían haberle hecho parecer frágil, de no ser por su actitud y la inteligencia de su mirada.

–¿Qué desea? –preguntó, fulminándolo con la mirada–. ¿Por fin viene a presentarse?

Dado que él no la conocía, supuso que le había tomado por otra persona.

–Me llamo Connor Brody. Tengo un gato que pertenece a la dueña de esta casa.

Depositó la caja delante de ella. La mujer se llevó la mano al pecho y relajó el rostro.

–¿Ha encontrado a Señor Pootles? –susurró, con lágrimas en los ojos.

Se inclinó sobre la caja como una niña el día de Navidad. Sorprendido, Connor oyó el ronroneo de la gata y vio que la mujer la subía en brazos sin problema.

–¿Cómo puedo agradecérselo, joven? –preguntó

la mujer con lágrimas en los ojos–. Ha hecho muy feliz a esta anciana. ¿Dónde lo ha encontrado? Lo hemos buscado durante semanas.

–Estaba en mi cocina –explicó él, sintiéndose poco merecedor de las gracias–. Debo avisarla de que ahora hay más de un gato. Su Señor Pootles se convirtió en mamá hace once días. Sus cuatro gatitos están en mi casa.

La anciana lo miró perpleja y luego soltó una risita, cual adolescente.

–Gata traviesa, ¿por qué no me dijiste que eras una hembra? –le preguntó al animal.

–Tome –dijo Connor entregándole una copia de las llaves de su casa–. Querrá recoger a los gatitos, ya que son demasiado pequeños para quedarse mucho tiempo solos. Se encuentran en el armario de la cocina.

–Es un gran detalle por su parte –alabó la mujer, agarrando las llaves.

–¿Está Daisy por aquí? –preguntó él, algo incómodo–. Necesito hablar con ella.

–¿Conoce a Daisy? –inquirió la mujer, más atónita que al enterarse del nacimiento de los gatitos.

–Sí, somos amigos –respondió él, ruborizándose ante el escrutinio al que se veía sometido.

No era una mentira. Si lo que habían compartido no los convertía en amigos, no sabía qué lo haría.

–Nunca lo hubiera imaginado, después de todo lo que ha dicho sobre usted en las últimas semanas.

¿Y eso? No se habían visto nunca antes de la noche pasada.

–Daisy es enigmática –añadió la mujer, con una sonrisa de complicidad–. Siempre he creído que usted le gustaba, porque le mencionaba a todas horas. Pero no sabía que ha estado engañándonos a todos. ¿Así que ustedes dos han tenido una riña de novios? ¿Por eso ella decía esas cosas tan horribles?

–No –respondió él, totalmente perdido–. ¿Qué cosas?

La anciana hizo un gesto con la mano restándole importancia.

–Ya conoce a Daisy, tiene opinión para todo y le encanta expresarla en voz alta. Nos dijo que usted era rico, arrogante y demasiado centrado en su vida como para preocuparse por un gato perdido. Pero ahora sabemos que no es cierto, ¿a que sí?

Connor frunció los labios. Así que Daisy había ido hablando mal de él, a pesar de no conocerlo. ¿No era así siempre? De pequeño, le volvía loco que la gente le dijera que nunca llegaría a nada, que no sería mejor que su padre. Pero la mala opinión de Daisy no sólo lo irritaba, además le dolía un poco. Lo cual le enfurecía aún más. ¿Por qué le importaba lo que ella pensara? Y aparte, ¿habría salido huyendo por eso, porque él no le parecía suficientemente bueno? De ser así, le esperaba una sorpresa.

–¿Está en su habitación? Necesito hablar con ella.

«O gritarla, más bien».

–Por supuesto que no, querido –contestó la mujer extrañada–. Daisy y Juno están trabajando en The Funky Fashionista.

–¿Dónde?

La mujer lo miró con curiosidad.

–Su puesto en el mercado de Portobello.

–Cierto –se apresuró a decir él, consciente de que un amigo sabría ese dato, y se dispuso a marcharse.

Portobello se encontraba a la vuelta de la esquina,

no le llevaría mucho encontrarla... y decirle un par de cosas.

–Señor Brody, ¿cómo hago para devolverle las llaves? –preguntó la anciana.

–No se preocupe –contestó él, sonriendo conforme se le ocurría una idea–. Quédeselas. Si alguna vez las necesito, será útil que tenga un juego.

Se despidió con un gesto y bajó la escalera. Fue dando forma a su idea conforme se dirigía al mercado. Y cuanto más lo pensaba, más irresistible le parecía. A Daisy no iba a gustarle, pero así mataría dos pájaros de un tiro y enseñaría a cierta mujer a no tirar piedras contra su propio tejado.

Después de la manera tan mezquina en que lo había tratado, era lo menos que se merecía.

Daisy Dean le debía una. Y lo que él tenía en mente era una venganza de lo más dulce.

Capítulo Siete

–No me extraña que estés agotada. Se llama «Fatiga por Compasión» –comentó Juno enfadada, mientras colocaba una bufanda pintada a mano por Daisy en el escaparate del puesto–. No tenías por qué pasar toda la noche cuidando de él. No le debes nada. Apuesto a que ni siquiera te lo ha agradecido.

«Ya lo creo que lo ha hecho», pensó Daisy, y le ardieron las mejillas al recordar cuánto. Se escondió tras los vestidos de algodón, rezando para que su amiga no lo advirtiera.

–¿Por qué te has ruborizado?

¿Aquella mujer tenía un radar?

–No me he ruborizado. Estoy ordenando las tallas de los vestidos –dijo, metiendo una talla L entre dos S.

–Daze, ¿sucedió algo que yo debería saber? –le preguntó Juno suavemente, acercándose a su lado–. Si te hizo algo, puedes contármelo. Lo sabes, ¿verdad?

Al ver su preocupación, la vergüenza de Daisy se transformó en culpa. Había necesitado menos de veinte minutos de angustia, tras abandonar la casa de Connor, para superar su ataque de pánico. Ni siquiera estaba segura de qué le había excitado tanto. De acuerdo, se había abalanzado sobre él, pero ¿quién no lo habría hecho en su situación? Estaba exhausta y había pasado toda la noche muy cerca de aquel hermoso hombre. Le había visto en su momento más vulnerable, plagado de horribles pesadillas, y eso había creado una falsa sensación de intimidad. ¿Y qué? Él no había protestado cuando le había exigido que le hiciera el amor. Y ella nunca sería tan ilusa de enamorarse de alguien como él, tan opuesto al hombre tranquilo, agradable y estable que necesitaba.

Eso significaba que lo ocurrido en la cama de su vecino no la había convertido en su madre. Disfrutar de un sexo fabuloso no tenía nada que ver con el amor.

Había sentido un alivio enorme.

Lo único que no había logrado superar era lo mal que había hablado de él sin conocerlo. No era de extrañar que Juno creyera que algo malo había sucedido esa noche. Daisy llevaba unas semanas difamándolo delante de cualquiera que la escuchara. Y sin ninguna prueba. Lo había juzgado y condenado porque era rico, guapo y, honestamente, porque le había gustado nada más verlo, y eso le había molestado.

Suspiró profundamente. Sí que le debía una disculpa.

–Daze, empiezas a preocuparme –dijo Juno alarmada, sacándola de sus pensamientos–. Dime lo que te ha hecho. Si es algo malo, se lo haré pagar. Lo prometo.

Daisy negó con la cabeza.

–No me me ha hecho nada malo, Ju. Es un buen tipo. Más bien sería al revés, yo le he hecho daño.

Sabía que la mella había sido en su orgullo, pero se sentía mal.

Abrió el cajón de la caja registradora, sacó los rollos del cambio y empezó a abrirlos.

–¿Cómo lo has hecho? –preguntó Juno, desenrollando otro de los rollos.

Daisy suspiró.

–He sido injusta con él. Todo eso que os dije a la señora Valdermeyer, a ti y a todo el mundo, todo lo que asumí, han resultado ser estupideces −confesó avergonzada.

−¿Y qué te hace pensar que a él le importa? −preguntó Juno con el ceño fruncido.

Su amiga siempre esperaba lo peor de los hombres guapos. ¿Cuándo había empezado ella a adoptar los mismos prejuicios?

−Ése no es el asunto −afirmó−. A mí me importa.

−Lo único que decías era que es rico y arrogante. ¿Qué hay de terrible en eso?

−Puede que rico sí, pero arrogante no es −dijo, y recordó sus apabullantes besos antes de haberse despertado del todo−. De acuerdo, tal vez sí es un poco arrogante, pero supongo que está acostumbrado a que las mujeres caigan a sus pies.

Ella desde luego lo había hecho.

−¿Y qué? Eso no le da derecho a aprovecharse...

Daisy le tapó la boca con los dedos.

−Él no se ha aprovechado. Lo ocurrido ha sido de completo mutuo acuerdo.

Con sólo recordar lo vivido se le aceleraba el pulso.

−¿Qué ha sucedido? −inquirió Juno entrecerrando los ojos−. Porque empieza a parecer que ha habido algo más que descanso y recuperación. No estarás diciéndome que te has acostado con él, ¿verdad?

Daisy se sonrojó ante su mirada acusatoria. ¿Cómo explicarle su comportamiento a su amiga, cuando le había llevado tanto tiempo explicárselo a sí misma? Abrió la boca para decir algo, lo que fuera, cuando un acento irlandés les hizo mirar hacia el escaparate.

−Hola, señoritas.

A Daisy le dio un vuelco el corazón. Connor estaba irresistible con la misma camiseta y vaqueros que se había quitado esa mañana, y parecía estar divirtiéndose. Sonreía sensual.

–Detesto interrumpir esta charla tan interesante –saludó, y se inclinó sobre las bufandas de colores vivos–. Me gustaría hablar contigo, Daisy... en privado.

Le acarició la mejilla con un dedo.

Daisy tragó saliva, sintiendo una quemazón por donde él había tocado.

–Daisy está ocupada, lárguese.

Connor miró a Juno con diversión.

–¿Y usted quién es, su guardiana?

–Tal vez –replicó ella, bravucona, de puntillas y con la barbilla alta–. ¿Y usted quién es, don arrogante y...?

Daisy le tapó la boca con la mano.

–No te preocupes, Ju –susurró, desesperada por callar a su amiga–. Ya me ocupo yo.

Lo último que necesitaba era que Connor se enterara de lo que había ido contando de él a casi todo el vecindario. Ya iba a ser duro disculparse sin que Juno empeorara las cosas.

–Luego te lo explicaré todo –le susurró al oído, todavía tapándole la boca–. ¿Puedes cuidar del puesto tú sola durante media hora?

Daisy supuso que el gruñido era un sí y la soltó.

–De acuerdo –refunfuñó Juno, y taladró a Connor con la mirada–. Pero si no has regresado para entonces, iré a buscarte.

Daisy asintió. Fabuloso, también le debía una disculpa a su amiga antes de que aquello terminara. Agarró su bolso y salió del puesto para reunirse con Connor.

–Conozco un café cerca de aquí –murmuró pasando entre los puestos.

Él se colocó a su lado, pero no dijo nada.

–¿Qué te parece si vamos allí? –continuó ella, incapaz de mirarlo–. Sirven unos capuccinos estupendos.

Y el acogedor café italiano de Gino no se encontraba en la ruta turística, así que no estaría demasiado lleno. Lo último que deseaba era tener público cuando realizara su cura de humildad.

En menos de cinco minutos llegaron a Gino's, nada sorprendente dado que Daisy había corrido casi todo el camino, asegurándose de que caminaba un par de pasos por delante de Connor. Nada más abandonar el puesto, le había entrado pánico de que él la tocara o hablara antes de haber decidido qué iba a decirle ella.

¿No era ridículo?, pensó mientras entraban en el café. Tres horas antes, él la penetraba profundamente, proporcionándole el orgasmo más alucinante de su vida, y ahora a ella le asustaba siquiera mirarlo.

Se deslizó en un banco cerca de la puerta y dejó su bolso junto a ella, bloqueando cualquier posibilidad de que él se sentara a su lado. Al verlo, Connor se sentó en el banco opuesto. Y, mientras él colocaba los brazos relajadamente sobre la mesa, Daisy se fijó en el logo de los Boston Celtics que llevaba en el pecho.

Apartó la mirada. «No vayas por ese camino, tonta. Ese torso ya te ha dado suficientes problemas».

Elevó la mano para saludar a Gino, que estaba detrás del mostrador.

–¿Quieres un capuccino? –preguntó, y vio a Gino saludarla y agarrar su bloc de notas.

–Lo que quiero es que me mires.

El seco comentario le obligó a obedecer.

–Eso está mejor –murmuró él, deliberadamente íntimo–. ¿Tan terrible ha sido?

Daisy decidió ignorar el tono condescendiente. Suponía que se lo merecía.

–Tengo algo que decirte –comenzó, pero no pudo articular la disculpa que se había preparado.

Gino se acercó a ellos.

–Hola Daisy, cielo. ¿Qué va a ser, lo de siempre?

Daisy lo miró e intentó recordar qué era lo que pedía siempre.

–No, gracias, hoy sólo un café con leche, con poca espuma.

–Como siempre, cariño –respondió Gino acento italiano–. ¿Y usted, amigo?

–Un espresso.

–Enseguida –dijo el tendero, apuntando en su bloc.

Y, para consternación de Daisy, extendió su mano hacia Connor.

–Soy Gino Jones, el dueño de esto –anunció, mientras se estrechaban la mano–. No le he visto nunca por aquí. ¿Cómo se llama?

Daisy elevó la vista al techo. Había olvidado lo cotilla que podía ser Gino.

–Connor Brody. Me mudé a la casa vecina de Daisy hace unas semanas.

Gino frunció el ceño, soltando su mano.

–¿No será usted el tipo que...?

Daisy tosió. Cielos, ¿también había hablado mal de Connor a Gino? ¿Cómo podía ser tan bocazas?

–Tenemos un poco de prisa –dijo, fulminándolo con la mirada–. He dejado a Ju sola en el puesto, y dentro de poco el mercado se llenará.

–Ningún problema. Ahora os traigo vuestro pedido –dijo Gino, devolviéndole una mirada de «ya te preguntaré luego por este hombre», y se marchó.

–Es gracioso –comenzó Connor, aunque no parecía divertido–, pero la gente por aquí no me tiene mucho aprecio.

A Daisy le sonó falso, pero seguramente eran imaginaciones suyas. El estómago se le encogió mientras la culpa la consumía. Era hora de dejar de dar rodeos y disculparse. Y sería mejor que fuera una buena disculpa.

–Señor... perdona, Connor.

Enmudeció de nuevo, pero se obligó a continuar.

–Me he portado bastante mal, colándome en tu jardín, acusándote de... –«no digas que creíste que había matado al gato, imbécil»–, de no ayudar a buscar al gato de la señora Valdermeyer.

Se ruborizó mientras él la miraba impasible.

–Además, esta mañana te he obligado a hacerme el amor. Y luego he salido corriendo sin despedirme. Me avergüenzo de mi comportamiento... ha sido de mal gusto y te pido disculpas. Me gustaría compensarte.

Se detuvo, sin saber qué más decir. La expresión de él apenas había cambiado durante su discurso. Tal vez al principio se había sorprendido un poco, pero luego su rostro se había vuelto impenetrable.

Él no dijo nada y, por alguna extraña razón, a Daisy empezaron a temblarle las rodillas. Cruzó las piernas.

Él ladeó la cabeza.

–Son muchos pecados los que tienes que compensar.

–Lo sé –dijo ella, esperando sonar arrepentida.

Para su sorpresa, él tomó su mano y entrelazó los dedos con los suyos.

–¿Por qué crees que me has obligado, Daisy Dean? ¿Te pareció que yo no me estaba divirtiendo?

Daisy tragó saliva. Tenía un nudo en la garganta. ¿Cómo habían llegado a ese tema?

—No es eso. Pero he sido exigente. Creo que no te he dejado muchas opciones al respecto.

Debería soltarse, pero sus dedos parecían pegados a los de él. Y tenía el estómago encogido.

Él le acarició la palma con el pulgar.

—Ahí te equivocas —replicó—. Sí me has dado opción y yo he elegido con entusiasmo.

Continuó acariciándole la muñeca, elevándole el pulso. Daisy estaba a punto de reunir toda su fuerza de voluntad para soltarse, cuando lo hizo él.

Gino carraspeó sonoramente y les dejó sus cafés.

—Aquí tenéis, muchachos —anunció, y miró a Daisy inquisitivo antes de marcharse.

Sin duda, Gino estaba tan confuso como ella, pensó Daisy. ¿Por qué no se había soltado de la mano de Connor? ¿Por qué había dejado que él la acariciara? Ellos dos no tenían una relación de intimidad. No en el mejor sentido de la palabra.

Agarró la taza con ambas manos para evitar otros destinos.

—Me alegro de que no me guardes rencor —señaló.

Se alegraría más después de apartarse de aquella mirada penetrante.

—Desde luego, nada de rencor acerca de hacerte el amor —aclaró él, con su acento irlandés funcionando como afrodisíaco—. Me he divertido, mucho. Y creo que tú también. Pero en cuanto al resto, me debes algunas explicaciones.

Daisy apoyó la taza en la mesa con tanta fuerza que se derramó algo de café.

—¿Ah, sí?

–¿Por qué has salido huyendo?

–No lo sé –mintió, y se sintió culpable de nuevo al verlo enarcar una ceja, incrédulo–. Ha sido demasiado intenso. No suelo acostarme con hombres a los que apenas conozco.

Enmudeció. Aquella media verdad tendría que servir. Porque empezaba a tener la sensación de que él estaba jugando con ella, conduciéndola a alguna trampa. Lo cual era absurdo, pero ella nunca ignoraba su instinto.

–Me alegro de saberlo –señaló él.

Daisy dio un sorbo a su café y agarró su bolso.

–Me alegro de que hayamos aclarado las cosas. Detestaría que no nos lleváramos bien. Especialmente, dado que eres el vecino.

Lo cual hacía que todo fuera más horrible. ¿Cómo iba a tratar con él cada día, si cada vez que lo veía se derretía? Tenía que controlar ese pequeño problema cuanto antes. Pero de nuevo, decidió que la distancia probablemente era la mejor medicina. Se colgó el bolso, se puso en pie y le ofreció su mano.

–Nos veremos. Yo invito a los cafés. Gracias por ser tan comprensivo.

Él agarró su mano, y su calidez hizo estremecerse a Daisy.

–Siéntate. Aún no hemos terminado. Tenemos pendiente el asunto de la compensación –comentó, señalando el banco opuesto con la cabeza.

–¿Cómo dices? –preguntó ella volviendo a su asiento, disgustada por el tono imperativo.

Cuando él le soltó la mano por fin, la guardó debajo de la mesa, con los dedos cosquilleándole.

–Has dicho que querías compensarme por lo que

has hecho –dijo él tranquilamente–. Vamos a decidir eso ahora, porque no tengo mucho tiempo. Me voy a París en menos de una hora. Estaré allí ocho días, y luego dos semanas en Nueva York.

Daisy sintió un gran alivio. No comprendía por qué él estaba contándole sus planes, pero al menos no volvería a verlo hasta dentro de tres semanas. Para entonces, ya se habría recuperado de aquella estúpida reacción química.

–Eso es estupendo. Seguro que lo pasarás bien. Te echaré de menos –añadió, preocupada al darse cuenta de que era cierto.

–No por mucho tiempo –replicó él con sonrisa de depredador–. Porque vamos a encontrarnos en Nueva York.

Daisy casi se atragantó.

–No te sigo –señaló, y le pareció oír el sonido de una trampa cerrándose.

Él se recostó en su asiento, satisfecho.

–Quieres compensarme –afirmó–. Resulta que necesito una novia en Nueva York esas dos semanas. Tiene que ver con cerrar un trato de negocios. Y esa novia vas a ser tú.

–No seas ridículo. Cuando te he dicho que quería compensarte, estaba pensando en prepararte otra hornada de brownies. No en viajar a Nueva York dos semanas fingiendo ser tu novia. ¿Estás loco?

Él seguía mirándola con aquella expresión entre engreída y arrogante que empezaba a molestarla.

–Y aunque quisiera ir, no podría hacerlo. Tengo que mantener mi puesto en el mercado.

Connor suspiró.

–Si tu amiga guardaespaldas no puede llevarlo

sola, podrías buscar a alguien que la ayude. Yo pagaré los costes que suponga. Mi asistente se ocupará de organizarte el viaje —dijo él, y miró su reloj dando a entender que no tenía tiempo para tonterías.

Daisy se enfureció.

—No estás escuchándome. No voy a hacerlo. No deseo hacerlo. Tendrás que encontrar a otra.

No quería pasar dos semanas con él en Nueva York. ¿Y si sus hormonas volvían a imponerse a su sentido común y se abalanzaba sobre él de nuevo? Las cosas podían complicarse mucho.

—No te debo tanto —concluyó, indignada.

—Ya lo creo —replicó él, fulminándola con la mirada—. Le has contado a medio Londres que soy un arrogante, egoísta y que no se puede confiar en mí. Eso se llama calumnias.

Daisy palideció. ¿Cómo se había enterado?

—Resulta que hay leyes contra eso. Así que, a menos que quieras que llame a mi abogado, será mejor que te subas a ese avión.

Se puso en pie, la agarró de la barbilla e hizo que lo mirara. Su cálido aliento le aceleró el pulso a Daisy.

—Además, ¿quién ha dicho nada de fingir una cita? —preguntó él, a escasos milímetros de su boca.

—Pero yo no soy tu novia —logró articular ella, con el corazón en un puño—. No te amo. Ahora mismo, ni siquiera me gustas.

Él la miró de arriba abajo y de nuevo a los ojos. Si ella esperaba herirlo, no había tenido éxito.

—No te equivoques. Esto es un acuerdo de dos semanas. No estoy disponible para nada más, ni tú tampoco.

Le pareció oír un matiz de lamento en su voz, pero lo achacó a su imaginación. Dudaba de que él tuviera capacidad emocional para lamentarse.

–Para lo que tengo pensado no tenemos que amarnos.

Y tras decir eso, la besó con fuerza. Daisy intentó soltarse, pero él la sujetó hasta que ella se entregó al deseo y correspondió al beso.

Fue él quien se separó.

–Te gusto lo suficiente, Daisy Dean –aseguró, acariciándole el labio inferior con un dedo–. Y ambos lo sabemos.

Ella se apartó, muda de ira y humillación por desearle tanto.

–Hay muchas cosas para ver y hacer en Manhattan, y pienso enseñártelas –añadió él, con su despreocupado encanto, nada afectado por la mirada fulminante de ella–. Así que puedes pasar las dos semanas sola y aburrida, o aprovechar la experiencia al máximo. La elección será tuya. Te veré en Nueva York, Cara de Ángel.

Daisy le observó marcharse silbando una canción irlandesa conforme desaparecía calle abajo.

Menudo engreído, autoritario y chantajista. ¿Cómo se atrevía a presionarla así?, se dijo, echando humo. Y pensar que se había sentido culpable por haber hablado mal de él... No sólo era un arrogante, además era un megalómano, con un ego del tamaño de Manhattan.

Podía olvidarse de que ella aceptara. Y, ocurriera lo que ocurriera, no volvería a acostarse con él. De ninguna manera.

Mientras se hacía esa promesa, supo que iba a ser casi imposible de mantener.

Capítulo Ocho

Para cuando Daisy cerró el puesto con Juno aquella tarde y regresó a su habitación, había decidido que la conversación con Connor en el café de Gino había sido una broma. O eso, o la había soñado. Él no podía estar chantajeándola en serio para que viajara a Nueva York. En pleno siglo XXI, la gente no hacía esas cosas. Al menos, la gente con algo de decencia y sentido común.

Ni siquiera le había hablado a Juno de esa amenaza. Se había obligado a tranquilizarse antes de regresar al puesto, con los labios encendidos tras el beso de despedida de Connor, y había puesto las cosas en perspectiva.

Se quitó los zapatos y las pulseras de las muñecas y el tobillo. Estaba exhausta después de toda la noche sin dormir y luego diez horas de pie, por no mencionar el trauma emocional del día.

Se acercó a la ventana y, separando levemente la cortina, observó las ventanas de Connor. Ni una luz. Menos mal, debía de encontrarse en París. Resopló. ¡Adiós y buen viaje!

Se tumbó en la cama y contempló el querubín que había pintado en el techo el invierno anterior. Rodó hasta quedarse de perfil. El maldito querubín, con sus ojos azules y su sonrisa, le recordaba demasiado a alguien en quien no quería pensar.

***

El domingo y el lunes pasaron volando debido al mucho trabajo: Daisy atendió el puesto, dio una clase de pintura en seda en el centro cívico, avanzó con sus nuevos diseños de ropa y ayudó a los niños a preparar sus disfraces para el carnaval de Notting Hill, como todos los años. Tal y como sospechaba, no tuvo noticias de Connor. El martes, los acontecimientos del fin de semana estaban más que olvidados, aparte de algún que otro sueño erótico.

El miércoles por la mañana, sus tres días de negación llegaron a su fin.

—Daisy, ábreme, cariño —anunció la señora Valdermeyer emocionada, tocándola a la puerta—. Ha llegado un paquete para ti. Entrega especial, nada menos.

Medio dormida, Daisy miró la hora en su despertador. Eran las siete de la mañana. Abrió la puerta y su casera entró como una bala. Dejó el paquete ceremoniosamente sobre la cama y se giró hacia ella dando saltos de alegría.

—¿A que es emocionante? Lo ha enviado el guapo joven de la casa vecina. Lo pone en el envoltorio.

Daisy contuvo un gemido.

—¿Qué ocurre? —preguntó Juno desde la puerta, en pijama y con el ceño fruncido.

—Daisy ha recibido un paquete de un admirador —explicó la anciana y se sentó en la cama—. Ven, Juno, va a abrirlo.

Daisy tenía un nudo en la garganta. Quería echarlas de allí.

71

–¿Un admirador? –preguntó Juno, y miró el paquete–. Ah, él.

–No seas tan gruñona –le reprendió la casera y sacó unas tijeras de su camisón–. El hombre es un bombón y salvó a Señora Pootles de un destino peor que la muerte.

–No estamos saliendo, señora Valdermeyer –aclaró Daisy, antes de que su casera se formara una idea equivocada–. Así que no hay necesidad de...

–¿Por qué no? Es rico. Lo cual resulta muy útil si la pasión se acaba.

Daisy decidió abrir el paquete antes de que la conversación se deteriorara más. Cortó el cordón y quitó en envoltorio con cuidado, consciente de que la miraban. El corazón le latía desbocado. «Por favor, que no haya metido un tanga o algo parecido».

Pero al abrir la caja, se sorprendió al encontrar tres sobres de distintos tamaños y un estuche de terciopelo negro.

–Joyas, qué maravilla. Ábrelas lo último, Daisy –comentó la anciana, poniéndole en la mano el primer sobre–. La joyería merece su tiempo.

Abiertos los tres sobres, la anciana daba saltos de alegría y el ceño de Juno parecía la falla de San Andrés.

Daisy se sentó en la cama perpleja. En su regazo tenía un billete de ida y vuelta en primera clase a Nueva York para las doce del mediodía del domingo, un itinerario de su viaje cuidadosamente preparado y una tarjeta de crédito oro a su nombre.

La señora Valdermeyer le puso el estuche encima de todo eso. Daisy lo tomó con manos temblorosas y vio que llevaba otro sobre pegado en la base. Dentro había un grueso papel con el logo de Construcciones Brody en la parte superior. Conforme lo leía, empezó a temblar.

Cara de Ángel:

He encontrado estas joyas en París y he pensado que te irían bien. Compra lo que necesites con la tarjeta, sin reparos. Quiero que representes tu papel lo mejor posible.

Un coche te recogerá para llevarte al aeropuerto. Nos vemos en el Waldorf.

Connor

p.d. Tengo línea directa con mi abogado por si no te presentas.

–¡Qué romántico! –canturreó la casera tras leerla–. Vas a vivir la experiencia de tu vida, Daisy.

–¿Qué quiere decir con eso del abogado? –preguntó Juno.

–No pienso ir –concluyó Daisy, guardando la nota en su sobre.

No podía hacerlo. De acuerdo, en los últimos días se le había pasado el enfado, y el entusiasmo de su casera casi la había cegado a la verdad. Por un instante, se había visto llena de diamantes y con su mejor vestido. Nunca había ido más lejos de Calais, así que por unos instantes se emocionó. Pero no podía hacerlo. ¿Y a qué se refería con eso de que representara su papel lo mejor posible? Ni que fuera su maniquí personal. Qué descarado.

–Por supuesto que vas a ir, querida. No seas absurda –replicó la anciana.

–Creo que no debería –intervino Juno–. Estará totalmente a su merced, y...

–No sigas, Juno –le cortó la señora Valdermeyer y la agarró del brazo–. Sal de aquí. Daisy y yo tenemos que hablar de esto en privado.

Antes de poder decir nada, Juno se vio en el pasillo y con la puerta en las narices. La casera se frotó las manos.

–Ahora que la mujer menos romántica del mundo se ha ido, hablemos de esto con propiedad –anunció, sentándose junto a Daisy.

–No lo entiendes –protestó Daisy arrugando la carta–. No es nada romántico. Sólo necesita una novia colgada de su brazo durante dos semanas. Ni siquiera estamos saliendo. Se trata de un negocio. O algo parecido.

Respiró temblorosa. Connor la tenía en tan poca estima que ni siquiera había tenido la cortesía de decirle por qué la necesitaba allí.

Daisy guardó la carta y el estuche de vuelta en la caja, ignorando el pesar que le encogía el estómago. Era patético sentirse deprimida por no poder ir. Era una mujer autosuficiente, no necesitaba un hombre que la completara, y menos aún un ególatra sexy que la elevara a lo más alto, sólo para dejarla en tierra de nuevo dos semanas después.

–Tal vez él lo piense así –comentó suavemente la señora Valdermeyer–. Pero sospecho que hay algo más. Los hombres no invitan a un viaje en primera clase y con todos los gastos pagados a Nueva York por el bien de un negocio.

A Daisy le escocían las lágrimas en los ojos, y se sintió aún más patética.

–No me lo ha pedido –se quejó, con un nudo en la garganta–. Me ha informado de ello. Y creo que espera algo de placer mezclado con su negocio, para justificar los gastos.

La anciana rió con cariño.

–Menudo sinvergüenza, ¿verdad? Como mi tercer marido, Jerry –comentó, dándole unas palmadas en el muslo–. Una vez que los domesticas, querida, verás que son los mejores. Tanto en la cama como fuera.

Daisy intentó sonreír, pero no logró más que una mueca.

–No quiero domesticarlo. Créeme, supondría demasiado trabajo.

La mujer agarró las manos de Daisy, seria.

–Mírame, querida. ¿No crees que estás tomándote esto demasiado en serio? Se trata de un hombre y una mujer viviendo una maravillosa aventura juntos. Nada más. Y has tenido pocas aventuras en tu vida, como para permitir que una tan espectacular te pase de largo.

Daisy resopló.

–Te equivocas. He vivido suficientes aventuras para toda una vida antes incluso de llegar aquí.

–No, ésas eran las aventuras de tu madre. Ésta va a ser tu oportunidad, y vas a disfrutar cada minuto. Necesitas salir y experimentar la vida antes de que te plantees encontrar el amor.

Daisy empezó a sentir mariposas en el estómago. Intentó ignorarlas.

–No creo que...

La señora Valdermeyer la silenció con un gesto.

–Eres una chica dulce y encantadora que piensa demasiado, más en los demás que en ella misma. Por una vez, no pienses, sólo siente –le aconsejó–. Hazme caso, soy una anciana y he aprendido algunas cosas. Tienes el resto de tu vida para planear las cosas, para hacer lo correcto, para ser cauta y responsable. Así tienes que ser cuando empiezas una familia, es lo que tu madre no hizo. Y si encuentras al hombre adecuado con el que hacerlo, no será aburrido, te lo aseguro. Pero eres joven, libre y soltera, ahora es tu momento de ser espontánea, de vivir la vida tal y como venga y de divertirte todo lo que puedas.

Agarró el estuche.

–Quiero saber qué joyas ha escogido tu sinvergüenza para ti en París. ¿Tú no? –dijo, y se lo puso en el regazo.

Daisy pasó el dedo por el terciopelo y suspiró. ¿Qué mal podía hacer echar un vistazo? Lo abrió.

Al ver las esmeraldas brillando en un entramado de cadenas de plata, estuvo a punto de desmayarse. Inspiró hondo y tocó las piedras preciosas.

Imágenes de cuento de hadas que había relegado a lo profundo de su mente se convirtieron en posibilidades muy reales. Podía imaginarse con el hermoso collar en su escote, el vestido de noche que había diseñado en sueños, y a Connor mirándola apreciativamente mientras la estrechaba en sus brazos.

Cerró el estuche nerviosa, como Pandora con su caja.

Pero su corazón acelerado y el volcán en su vientre le indicaron que era demasiado tarde para conservar ese ridículo sueño.

Capítulo Nueve

Si los días anteriores a la llegada del paquete de Connor habían pasado entre nervios, los posteriores fueron un huracán. Una vez que Daisy afrontó el hecho de que tenía que ir a Nueva York, o pasaría el resto de su vida preguntándose qué se había perdido, se decidió a aprovechar la ocasión al máximo y a minimizar las dificultades.

Primero, solucionó lo práctico. Avisó a Jacie para que ayudara a Juno en el puesto, preparó toda la mercancía que pudo, reorganizó sus actividades benéficas y, el poco tiempo libre que le sobraba, lo dedicó a confeccionarse su vestuario para el viaje. Ya fuera la mayor aventura o el mayor desastre de su vida, ella luciría fabulosa. Siguiendo su propio estilo, eso sí, tanto si Connor lo aprobaba como si no.

Ocurriera lo que ocurriera en Nueva York, no perdería de vista lo que realmente importaba. Su vida, su carrera y sus sueños de futuro no dependían de aquellas dos semanas en la ciudad que nunca duerme con un hombre el doble de sexy que Casanova y la mitad de profundo. Siempre que mantuviera sus hormonas bajo control, y no sucumbiera a ilusiones acerca del amor verdadero, estaría bien.

A pesar de la preparación y las charlas autoconvenciéndose, cuando llegó el domingo por la mañana y un Mercedes negro se detuvo delante de su casa, los nervios se apoderaron de ella. Y al sentarse en el suntuoso interior de cuero, el olor a dinero y privilegios la abrumó, y sus nervios aumentaron. Bajó la ventanilla y se despidió con mano temblorosa al tiempo que el coche se ponía en marcha.

Una vez que el único hogar que había conocido desapareció de su vista, subió la ventanilla y escuchó los ensordecedores latidos de su corazón. ¿En qué lío se había metido?

Echó la cabeza hacia atrás y suspiró.

Iba a adentrarse en un mundo del que no sabía nada, a merced de un hombre del que aún sabía menos, y todo con una libido sorprendentemente volátil.

Se obligó a respirar hondo varias veces mientras se alisaba la falda del vestido cortado al bies que había terminado la noche anterior.

Tal vez aquélla fuera la estupidez más grande de su vida, pero al menos la haría con estilo.

Daisy nunca había envidiado la vida de los ricos y famosos. Nunca le había preocupado tener mucho dinero, sólo el suficiente, y había sido feliz de trabajar duro para alcanzar la estabilidad que siempre había deseado.

Pero, al bajarse de la limusina en Park Avenue y contemplar la fachada art decó del Waldorf-Astoria, tuvo que admitir que ser rico más allá de lo nunca soñado tenía su utilidad.

Para una chica que sólo había volado distancias cortas, y con los billetes más baratos, cruzar el Atlántico en un sillón de cuero que se convertía en una cama más grande que la suya había sido un sueño. Había volado por encima de las nubes bebiendo champán y alimentándose con cocina *cordon bleu,* lo poco que le habían permitido los nervios. Y había disfrutado de la experiencia como lo que era, una aventura de una vez en la vida.

—Disculpe, señorita —interrumpió el portero dándole un tique azul—. Entregue esto en Recepción cuando se registre y subiremos el equipaje a su habitación.

—Gracias —dijo ella, tendiéndole un billete de diez dólares.

El portero sacudió la cabeza.

—La propina no es necesaria, señorita. Es usted invitada del señor Brody, él ya se ha ocupado de eso.

Daisy guardó el dinero ruborizada. En los últimos días había ignorado conscientemente su posición como «invitada del señor Brody». Pero no poder ni dar propina al portero le hizo sentirse rebajada.

Relegó su incomodidad a un rincón, conforme subía las escaleras alfombradas hacia el vestíbulo. Connor la necesitaba allí para su asunto de negocios. Iba a hacerle un favor, así que era normal que él pagara la cuenta. Y ella no necesitaba crearse más problemas, ya tenía suficientes.

Contuvo el aliento al ver la enorme lámpara colgando del techo y oír una melodía de Cole Porter en el piano de la coctelería.

Portobello Road y su casa de pronto le parecieron otro mundo.

Repleta de sofás de cuero, techos abovedados y paneles de madera, la Recepción resultaba igualmente intimidante. Sintiéndose fuera de lugar, se aproximó al mostrador.

Una mujer maquillada a la perfección y con una sonrisa aún más perfecta le dio la bienvenida.

–¿En qué podemos ayudarla?

–Me llamo Daisy Dean. El señor Brody me ha reservado una habitación –dijo, ruborizándose nada más hablar.

Había supuesto que él le habría reservado una habitación aparte. De pronto, recordó el beso en el café de Gino y su comentario de que no sería una cita fingida, y se dio cuenta de que debería haber aclarado cómo iban a dormir. Intentó ignorar su corazón acelerado.

La recepcionista comprobó su ordenador y sonrió.

–Se aloja en la suite *The Towers* junto con el señor Brody.

A Daisy se le encogió el corazón.

–¿Está segura?

–Sí. Ha hecho la reserva él mismo –añadió la recepcionista, aparentemente sin advertir la angustia de Daisy.

Le tendió un sobre con una tarjeta de plástico.

–La suite *The Towers* se encuentra en la planta veintiuno –anunció alegremente, señalando los ascensores al final del vestíbulo–. Dispone de un ascensor hasta el ático para su uso exclusivo. El señor Brody ha informado de que se encuentra reunido en el centro esta tarde, pero que le avisemos cuando usted llegue y vendrá sobre las seis para llevarla a cenar. Y ahora, si me permite el tique de su equipaje, haré que se lo lleven a la suite.

Daisy se lo entregó, con la mente disparada. Quería pedirle a la recepcionista que le diera otra habitación, pero ¿cómo hacerlo cuando todo el dinero que llevaba eran cien dólares? Tendría que aclararlo primero con Connor e insistirle en que le consiguiera otra habitación. Pensar en ese altercado la llenó de temor. No le había visto desde hacía más de una semana, pero con sólo oír su nombre, su entrepierna y sus pezones habían reaccionado.

–Gracias por su ayuda –dijo, tomando la tarjeta-llave con mano temblorosa.

Se encaminó al ascensor con la espalda muy recta. No sólo se sentía rebajada, era como si llevara una enorme letra escarlata en el pecho.

Cuando Connor apareciera, iba a hablar muy seriamente con él.

Después de inspeccionar la suite, Daisy se sintió aún más intimidada, y una ingenua. Ocupaba casi toda la planta veintiuno y todas las habitaciones eran enormes y lujosamente decoradas. A continuación del grandioso vestíbulo había un salón con un piano de cola, un televisor de plasma del tamaño de una pantalla pequeña de cine, y una suntuosa terraza con fabulosas vistas sobre el Upper East Side. También había dos armarios del tamaño de habitaciones y un vestidor, pero sólo un dormitorio. Sorpresa, sorpresa.

Decorado en tonos crema, el dormitorio tenía un cuarto de baño con una gigantesca bañera circular de hidromasaje. Pero cuando Daisy se quedó casi sin aliento fue al ver la enorme cama. Obscenamente grande. Elevada sobre un estrado y con una colcha de satén dorado, tenía tantos almohadones que avergonzaría a un harén.

Por supuesto que Connor había asumido que dormirían juntos, ¿por qué no iba a hacerlo? Era rico hasta decir basta, e igualmente arrogante. Con su irresistible aspecto y su encanto de chico malo irlandés, ella apostaba a que ninguna mujer le había dicho nunca que no.

Entró furiosa en el cuarto de baño. Abrió el grifo dorado y observó salir el agua caliente. Echó una generosa cantidad de sales de baño de un frasco del tocador e inhaló el aroma a lavanda, intentando concentrarse en sus propiedades calmantes. Quedaban algunas horas antes de que él apareciera a las seis. Se daría un buen baño para reponerse del vuelo, intentaría relajarse y planearía cómo iba a tratar a Connor cuando apareciera.

Capítulo Diez

Daisy miró el reloj de la pared. Aún eran las cuatro y media. Cerró los ojos, se hundió en las burbujas con aroma a lavanda y se dejó llevar por la música clásica proveniente de unos altavoces último modelo. A pesar de la batalla que le esperaba, sus músculos se relajaron con una feliz inconsciencia. ¿Cuándo había sido la última vez que se había permitido mimarse así? ¿Y en un lugar tan lujoso? Nunca.

Diez minutos más de nirvana, era todo lo que pedía, y se prepararía para cuando viera a Connor.

Oyó un chasquido y frunció el ceño.

–Bienvenida a Nueva York, ángel.

Daisy se incorporó bruscamente, abriendo los ojos y echando el agua fuera de la bañera.

–¿Qué haces aquí? –gritó, tapándose los senos desnudos con los brazos.

–Me alojo aquí –contestó Connor, ampliando su sonrisa conforme la recorría con la mirada.

Se hallaba de pie junto a la bañera, alto, atractivo e intimidante, con las manos metidas en los bolsillos de su traje gris de diseño. Era la primera vez que lo veía de traje, y acentuaba la masculinidad debajo del aspecto sofisticado.

Para empeorar las cosas, ella estaba completamente desnuda. Tragó saliva, sintiendo que el calor de su cuerpo no sólo provenía del baño. Tenía un serio problema.

Aquellos ojos azules se detuvieron en su pecho.

—Me alegro de ver que te sientes como en casa.

Daisy se hundió hasta la barbilla, usando un brazo para taparse los senos y el otro para ocultar su sexo.

—Si no te importa, estoy dándome un baño —señaló, con una mezcla de indignación y mortificación.

—Ya lo veo —dijo él, sonriendo más.

Y entonces se quitó la chaqueta y la dejó caer al suelo, se arremangó la camisa y se sentó en el borde de la bañera.

—¿Qué estás haciendo? —chilló ella, al verlo agarrar una pastilla de jabón.

Él la miró travieso mientras se mojaba las manos y comenzaba a sacar espuma.

—Voy a echarte una mano —respondió con desenfado.

—No la necesito —aseguró nerviosa, tapándose el sexo con fuerza para contener el ardor que la invadía.

Connor sonrió, como si hubiera oído algo gracioso. Soltó la pastilla y hundió sus dedos enjabonados en el cabello de la nuca de ella.

—¿Estás segura? —murmuró, recordándole su primera noche juntos.

Daisy ahogó un grito cuando él la sujetó por la nuca. Apoyó las manos en su pecho, empapándole la camisa. Sintió sus músculos fuertes y se estremeció.

Él rió, la atrajo hacia sí y devoró su boca. El deseo se apoderó de ella, que se agarró al húmedo tejido. Quería apartarse, pero su cuerpo estaba en manos del deseo. Él la soltó y se irguió. Con la respiración acelerada, Daisy le observó quitarse la camisa y los zapatos. Al verlo quitarse el cinturón, recuperó el sentido común.

¿Qué estaba haciendo y permitiendo que él hiciera? No era su amante. Tal vez no sería capaz de resistirse a él mucho tiempo, pero no sería tratada como un juguete sexual, a su disposición cuando Connor quisiera.

–Para. No vamos a hacer el amor –advirtió, pero apenas le salió un susurro.

Él la miró, con las manos aún en su cinturón.

–¿A qué viene eso ahora?

Daisy se estremeció bajo su mirada penetrante.

–No vamos a hacer el amor hasta que no hayamos aclarado algunas cosas –añadió, con los brazos tan fuertemente cruzados sobre su pecho que apenas podía respirar.

–¿Qué cosas? –preguntó él, con cierto interés.

Daisy tragó saliva, contemplando la impresionante erección que abultaba aquellos pantalones anchos. Su entrepierna, húmeda palpitó dolorosamente ante el recuerdo de lo maravilloso que era sentirlo en su interior. Parecía que la ausencia había aumentado su deseo.

–No soy tu querida. Tal vez pienses que puedes comprarme. No es así –farfulló–. No soy propiedad tuya. Y no seré tratada como si lo fuera.

Él se encogió de hombros.

–Me parece bien –dijo, bajándose los pantalones–. Muévete. Voy a meterme contigo en la bañera.

Daisy no llegó a terminar su indignada protesta, ante la visión de él completamente desnudo. Su cuerpo empezó a temblar. Tragó saliva y se obligó a elevar la mirada de aquella entrepierna y mirarlo al rostro conforme se metía en la bañera. La sonrisa sensual de él dejaba patente que sabía muy bien el efecto que su desnudez tenía sobre ella.

Se acomodó a su lado, elevando la temperatura tanto del agua como suya propia.

–¿Dónde estábamos?

Paralizada por sus hormonas, lo vio agarrar la pastilla de jabón. Abrió la boca pero no le salió ningún sonido conforme él le apartaba los brazos a los lados y posaba las manos en sus senos. Daisy espiró, presa de las sensaciones, conforme él los elevaba, acariciándole al tiempo los pezones. Se arqueó, cerró los ojos y gimió. Qué maravillosas manos, sabias y exigentes. Quería que la acariciara por todas partes. Y cuando los capturó y empezó a tirar, ella abrió los ojos, ardiendo en su interior.

–Esto no es buena idea –susurró, sujetándose a su delgada cintura para mantener el equilibrio, mientras él seguía concentrado en sus senos.

Le oyó reír, señal de que sabía que a su cuerpo sí le parecía buena idea.

–Lo sé –murmuró él–. Me he dejado los malditos preservativos en la otra habitación.

Daisy apoyó la mano en aquel torso, de piel suave y músculos poderosos, e intentó encontrar la fuerza de voluntad para detenerlo. Pero entonces él paseó la mano por su abdomen y encontró su sexo hinchado bajo el agua. Lo exploró con los dedos, rozando el clítoris suavemente, y ella se arqueó y gritó. Él puso fin a sus gritos con un beso duro y exigente, la apretó contra sí mientras con el otro brazo seguía acariciándola. Ella movió las caderas rítmicamente y lo agarró de la nuca. Y, al notar los besos y succiones de él en su cuello, echó la cabeza hacia atrás y se entregó a las sensaciones que explotaban desde su interior, apenas consciente del agua que anegaba el suelo.

El orgasmo se adueñó de ella, cada ola más intensa que la anterior. Y sus entrecortados sollozos de plenitud resonaron mientras se apoyaba contra él, exhausta y temblorosa, manteniéndose a flote por su abrazo.

Sintió la insistente erección de él contra su cadera, al tiempo que le susurraba al oído:

–Terminemos esto en la cama.

Connor se puso en pie, la subió en brazos y salió de la bañera mojándolo todo.

–Bájame –protestó ella.

El sereno momento de «después de» quedó borrado por una acusada vergüenza. ¿Por qué había permitido que sucediera aquello? ¿Por qué había sucumbido tan fácilmente? Se encontraba más a su merced que nunca.

La dejó en el suelo, le pasó una toalla y agarró otra para él. El suelo estaba inundado, y el traje empapado.

–Mira lo que has hecho –lamentó Daisy, y no se refería a aquel desaguisado.

Él sonrió seductor.

–No te preocupes, pretendo hacer mucho más, y pronto.

El calor la abrasó por dentro al darse cuenta de lo mucho que se habían descontrolado las cosas.

Ya seco, Connor tiró su toalla a un lado y posó sus manos en los puños cerrados de ella, que sujetaban la suya.

–Suéltala, ángel. No la necesitas.

–Tengo frío –mintió Daisy.

Temblaba, pero no era de frío.

–Eso no va a durar mucho –la animó él.

Daisy soltó la toalla y, subiéndola en brazos de nuevo, Connor la llevó al dormitorio.

En la cama, debajo de él, sintió cada centímetro de su cuerpo, fuerte y fibroso. Apoyó las manos en su pecho.

–No. No te deseo –mintió.

Su cuerpo le contradecía, mientras su mente peleaba con el sentimiento de impotencia, de encontrarse bajo el control de Connor.

Él se tensó. Le brilló la mirada.

–Mientes –señaló, y sacó un preservativo de la mesilla.

–No puedes obligarme –añadió ella, viéndolo protegerse.

Él la miró con una ceja enarcada y la sujetó por la nuca.

–Nunca te obligaría –aseguró, acariciándole la boca con un dedo–. Deberías saberlo. Pero te engañas a ti misma, y a mí también, si mantienes que no me deseas, ángel.

Fuertes manos la agarraron de las caderas, colocando su pelvis en ángulo.

–Dime de nuevo que no me deseas y te dejaré marchar. No te forzaré –añadió.

Daisy supo que no podía mentir una segunda vez y negarse el placer que él le proporcionaría.

La enorme erección investigó. La presión era inmensa, conforme los húmedos pliegues de su sexo la acogían, pero entonces él se detuvo.

Las ansias de sentir una embestida que la penetrara hasta el fondo la consumían. Pero él no se adentró más, tenso y con la mirada fija en ella.

–Tú eliges –murmuró, y la besó levemente en la boca–. Dime qué es lo que deseas.

Ella movió las caderas instintivamente y el delicioso calor la invadió al sentirlo entrar un poco más. Él la detuvo. Daisy se mordió el labio inferior, torturada por sus propios deseos, su debilidad.

Su cuerpo clamaba por el gozo supremo que sólo Connor le había proporcionado, y él lo sabía, advirtió. Gimió, deseando poder controlar ese impulso. ¿Por qué le hacía rogarle? ¿No había admitido ya suficientemente lo que le gustaba? ¿No le había dado suficiente poder? Si le rogaba en aquel momento, no sería mejor que una querida, y tal vez algo mucho peor.

–Dime que me deseas –exigió él, jadeante.

Ella se rindió.

–Por favor, hazlo... Te deseo, ya lo sabes...

Un dardo de vergüenza le atravesó el corazón, pero su mente dejó de funcionar cuando él la penetró completamente por fin. El orgasmo fue mucho más rápido y potente que los anteriores. Gritó, se colgó de sus hombros y lo rodeó por la cintura con las piernas. Él se movió a un ritmo frenético, llenándola de una intensidad que la arrastraba de nuevo a una velocidad alarmante y la obligaba otra vez, y otra.

Por fin, conforme se deshacía en millones de piezas brillantes, vacía y exhausta de las incansables olas que recorrían su cuerpo, él gritó su propia liberación, y se derrumbó también.

Capítulo Once

Connor se tumbó boca arriba, se tapó el rostro con un brazo e intentó recuperar la respiración normal mientras el corazón le latía desbocado.

¿A qué demonios se debía aquello?

Estaba bromeando con ella, disfrutando de ver cómo se excitaba, y al siguiente momento se había visto presa de un afán de posesión y una intensidad que no comprendía.

Sus aventuras con las mujeres siempre eran breves y desenfadadas. El sexo era divertido y no debía tomarse en serio. No le gustaban las cosas serias. Entonces, ¿por qué se había transformado en un troglodita cuando ella le había dicho que no lo deseaba?

Sabía que mentía, había visto el deseo en sus ojos. Aun así, debería haberse retirado. Pero en su interior se había despertado una amargura, una sensación de no ser suficiente, que reconocía de su niñez. Y se había visto abrumado por la necesidad de demostrarle que se equivocaba y de que ella admitiera la verdad.

La miró. Estaba acurrucada, alejada de él, y le temblaban los hombros. ¿Lloraba? Se le encogió el corazón. Tiró de la colcha para que los tapara a ambos y le acarició la cadera. Ella se apartó.

–Daisy, ¿estás bien?

–Por supuesto –aseguró ella, débilmente.

Connor observó las pecas de su espalda, la manera en que su cabello húmedo empezaba a secarse. De pronto le pareció muy delicada. Se avergonzó de sí mismo. Ella había estado bastante prieta al acogerlo, pero la había penetrado como si estuviera poseído. ¿Le habría hecho daño?

—¿De veras? —insistió él, dudando de que quisiera oír la respuesta.

Daisy no respondió, sólo se sentó dándole la espalda y se cubrió con el vestido de algodón que había dejado junto a la cama. Connor observó sus movimientos tensos. La necesidad de abrazarla, reconfortarla, compensarla por lo que le había hecho, se apoderó de él.

Se tensó. ¿Qué demonios le ocurría? No se reconocía, ella le había hecho algo. Algo que él no llegaba a comprender.

En la última semana no había logrado dejar de pensar en ella. Llevarla a Nueva York había sido un juego, una manera de mostrarle que se había equivocado y de disfrutar de un fabuloso sexo por el camino. O eso era lo que había intentado decirse a sí mismo.

Pero si sólo era un juego, ¿por qué le había comprado un collar de diez mil euros sin pensárselo, al mirar escaparates en el Marais? Él siempre era generoso con las mujeres con las que salía, pero no tanto después de sólo una cita. ¿Por qué había dedicado casi una hora planificando su viaje? ¿Por qué había llamado a la aerolínea a primera hora de la mañana para comprobar si había embarcado en el vuelo? ¿Y por qué había cancelado el resto de reuniones y había regresado corriendo al Waldorf, en cuanto le habían avisado de que ella había llegado?

Se había comportado como un cachorro rogando que lo acariciaran. Eso le hizo sentirse vulnerable como cuando era pequeño. Pero no había podido contenerse.

Y luego, para empeorar las cosas, al entrar en el cuarto de baño y ver su delicioso cuerpo cubierto de pompas de jabón, la esperada explosión sexual se había visto seguida de una euforia y una satisfacción sin sentido.

Con esas circunstancias, ¿por qué le sorprendía que, cuando ella le había dicho que no lo deseaba, él se había esforzado en demostrarle que mentía? La deseaba tanto que empezaba a asustarle.

–Daisy, ¿puedes mirarme? –dijo, recurriendo a toda su paciencia–. Quiero comprobar que estás bien.

Ella lo miró por encima del hombro. Menos mal, no había rastro de lágrimas.

–¿Y por qué no iba a estar bien? –le espetó, furiosa–. Me has dado lo que quería, ¿no es así? Lo que me has hecho rogarte. Deberías estar satisfecho de ti mismo.

Le dio la espalda.

Un pánico irracional se apoderó de él.

–Espera –dijo, agarrándola de la muñeca.

Tenían que solucionar el problema que hubiera entre ellos, porque no estaba preparado para dejarla marchar, aún no. Todavía necesitaba averiguar qué le ocurría. Ella había desencadenado algo en su interior y la necesitaba para que lo detuviera.

–Suéltame –dijo ella, con la cabeza gacha mientras intentaba liberarse–. No voy a quedarme. Tendrás que encontrar otra novia de pega. El sexo es fabuloso, pero puedo vivir sin la sumisión, gracias.

Él se sentó en el borde de la cama y la apretó contra él.

–Daisy, lo siento.

Era la primera vez que se disculpaba ante una mujer, nunca había necesitado hacerlo, y las palabras le quemaron la lengua. Pero supo que merecía la pena cuando ella dejó de resistirse y lo miró. Seguía estando furiosa, pero detrás había algo mucho más difícil de comprender.

–¿Por qué te disculpas? –preguntó ella, remota de pronto–. ¿Por haberme proporcionado mi primer orgasmo múltiple?

Le había hecho daño. Era obvio que la había humillado. Él sabía mucho sobre orgullo y la sensación de ser arrebatado. Sabía lo mucho que dolía.

La agarró de la otra muñeca y la atrajo hacia sí.

–No pretendía que fuera un castigo –admitió.

Posó las manos en sus caderas, y espiró al apoyar la mejilla contra el algodón que cubría sus senos. Ella, rígida, se arqueó para separarse. El aroma a lavanda mezclado con el suyo propio le provocaron una erección que él esperó que no advirtiera bajo la colcha. Elevó la vista y vio la infelicidad, y algo que no reconoció, en el rostro de ella.

–Entonces, ¿por qué me has hecho rogártelo? –inquirió ella, acusadora–. ¿Qué intentabas demostrar?

Su franqueza y vulnerabilidad le dejaron perplejo, y sintiéndose fatal. Se encogió de hombros, sin apartar las manos de la cintura de ella para que no pudiera separarse más.

–Quería que te quedaras. Y me pareció una buena manera de convencerte.

No era toda la verdad. Pero no podía decirle lo

desesperado por verla que había estado y lo mucho que había esperado que ella llegara a Nueva York. Parecería un idiota.

Las mujeres siempre intentaban vestir el sexo de romanticismo, especialmente el sexo de calidad. Ése era el quid de la cuestión. Ninguna mujer le había respondido como ella, ni le había atraído tanto. Pero eso pasaría pronto, seguro. No había lugar para el romance. No en su vida.

–¿Por qué has tenido que obligarme a decirlo? –insistió ella, más confusa que enfadada.

–No lo sé.

Ni tampoco quería saberlo. Tan sólo tendría que asegurarse de que no volvía a perder el control con ella. La vio entrecerrar los ojos y supo que no lo creía. Pero luego suspiró, se encorvó y, cuando se giró hacia él, fue con culpa.

–Sé que traerme aquí te ha costado mucho dinero. Y no me has obligado, yo quería venir. Nunca había estado en Nueva York –confesó, y contempló la habitación–. Este lugar es increíble, y abrumador a la vez. No puedo quedarme aquí como tu mantenida. Es degradante. Si aún necesitas alguien que finja ser tu novia, puedes conseguirme una habitación barata en otro lugar, y lo haré. Así, no tendrás que pagarlo, ¿de acuerdo?

Al verla tan seria, a Connor se le encogió el corazón. Sabía que ella era una buena samaritana, pero aquello era una estupidez. A él no le importaba que fingiera ser su novia, ni el dinero que había empleado en llevarla hasta allí. Lo cierto era que se había esmerado para impresionarla y asegurarse de que acudía. ¿Quién iba a decirle que le saldría el tiro por la culata?

Suspiró. Debería haber adivinado que ella sería la

primera mujer a la que el dinero apagaba en lugar de encenderla. Siempre iba al contrario.

¿Cómo expresarle lo mucho que deseaba tenerla a su lado, sin que pareciera que podía haber algo más entre ellos de lo que había? Necesitaba quitar hierro al ambiente, volver las cosas a su ritmo habitual, y no más intenso.

Entonces, recordó lo que Danny había dicho acerca del problema Melrose, y encontró la respuesta en un destello de inspiración.

—Vas a quedarte aquí conmigo, Daisy. No has venido solamente por Nueva York o el Waldorf: has venido porque me deseas, y yo a ti. Y después de lo sucedido, ya no podremos negarlo más.

—No me importa —contestó ella tensa—. Ya te he dicho que no voy a ser tu...

—No sigas. Tengo una solución que te satisfará —le cortó él, y le dio un suave golpe en la cadera—. Ve a ponerte algo de ropa. Tenemos mucho que hacer antes de la cena, y estoy hambriento.

Tras decirle que se encontrarían en el vestíbulo en veinte minutos, Connor dejó a Daisy para que se vistiera. Ella agradeció quedarse sola, estaba demasiado perpleja y necesitaba reflexionar sobre lo que había sucedido. Lo que había permitido que sucediera.

Se había sentido tan furiosa y humillada después de que hicieran el amor, o más bien después de que le rogara que le hiciera el amor, que había querido odiarlo. Pero tras oír sus disculpas, se había visto obligada a afrontar la verdad. Él había sido sincero acerca de lo mucho que la deseaba, pero ella no. Por tanto, había sido doblemente humillada. No sólo no podía resistirse a él, ni siquiera podía reclamar algo de autoridad moral.

Mientras se maquillaba y se ponía uno de sus diseños con escote halter, tuvo que admitir que sus protestas aquella tarde le habían hecho parecer una remilgada. ¿Acaso al subirse al avión, con un despliegue de lencería sexy en la maleta y el recuerdo de su último encuentro sexual aún vívido en su mente, había pretendido que no se acostaría con él?

Se había engañado a sí misma todo el tiempo y él sólo se lo había hecho ver, de forma bastante contundente.

Salió del ascensor y se le disparó el pulso al ver a Connor aproximándose, irresistible con otro de sus trajes de diseño. Lo deseaba más que a ningún hombre en su vida. Y, por más que eso afectara a su paz mental, tenía que dejar de negarlo si quería aprender a manejarlo.

Se montaron en una limusina y, mientras recorrían las calles de Park Avenue, Daisy revisó su estrategia de supervivencia. De acuerdo, mantenerse alejada de la cama de Connor las próximas dos semanas no era una opción realista. Tan sólo tenía que asegurarse de que su corazón no imitaba a sus hormonas.

Observó a Connor conforme daba las instrucciones al chófer. Su cabello negro se rizaba sobre el cuello azul claro de la camisa. Daisy agarró con fuerza su bolso para contener sus ganas de tocarlo. Connor Brody era un hombre peligrosamente atractivo, deseable y decidido. Cuando quería algo, iba tras ello. Y en aquel momento, la quería a ella.

Apartó la mirada de él y la clavó en el exterior.

Él había dejado muy claro que aquello era un acuerdo de dos semanas, y ella había aceptado. Eso sí, se aseguraría de que, terminadas las dos semanas, saldría de aquella relación con unos maravillosos recuerdos y el corazón entero. Iba a ser una gran aventura y pretendía vivirla al máximo, pero no era su vida real.

—Hemos llegado —anunció Connor, tomándola de la mano y bajando del coche.

Daisy miró perpleja la icónica joyería.

—¿Qué estamos haciendo aquí?

—Forma parte de la solución a nuestro problema —respondió él, tomándola del codo—. Por cierto, tu vestido es fabuloso.

Aunque el cumplido le gustó, probablemente más de lo que debería, Daisy ignoró su pulso acelerado. Él estaba presionándola de nuevo. Ya era hora de ponerle freno.

—¿Qué solución? —inquirió, conforme él empujaba la puerta giratoria y entraba tras ella.

Connor le acarició la nuca.

—Voy a comprarte un anillo de compromiso.

Al oírlo, sus nervios se volvieron locos y su acercamiento calmado y práctico a la situación se vino abajo.

—No voy a llevarlo. Esto es ridículo.

Daisy intentó soltarse, pero él elevó su mano y la besó en los nudillos.

—Deja de enfurruñarte, ángel —dijo, con sonrisa burlona—. Ella va a creer que no te gusta el anillo.

Señaló con la cabeza a la dependienta, que fingía estar ordenando unos estuches.

–No se trata de eso y lo sabes –le espetó Daisy en voz baja–. No puedo llevarlo puesto.

Tras diez minutos presenciando cómo la dependienta les mostraba una enorme selección de anillos, hasta que él había escogido un diseño delicado, de oro con diamantes, Daisy no estaba enfurruñada, sino en estado de shock.

No quería ponerse el bellísimo anillo.

Había soñado con el momento en que un hombre al que amara y que la correspondiera le regalara un anillo de compromiso. Connor no era ese hombre, nunca lo sería, ni tampoco era el momento.

–¿Por qué no puedes llevarlo? –preguntó él, abriéndole la mano con caricias–. No quieres ser mi mantenida, lo comprendo. Así que te regalo este anillo. Te conviertes en mi prometida durante las próximas dos semanas. Problema resuelto.

Daisy lo miró, tan arrogante y determinado, y quiso darle una patada, además de pegársela a sí misma. ¿Cómo explicarle sus objeciones sin quedar como una estúpida romántica? ¿Y por qué se había negado a ser su mantenida, en primer lugar? La alternativa que él había encontrado era mucho más inquietante.

–Pero no soy tu prometida. Sería mentir, y no me parece correcto.

Genial, lo que parecía era una mojigata.

Él rió.

–Ángel mío, no te lo tomes tan en serio. Sólo van a ser dos semanas –dijo, acariciándole la mejilla–. Nos divertimos un poco, yo hago mi negocio, y ningún orgullo se ve afectado. ¿Te parece bien?

Sonaba tan razonable así expresado… ¿Estaba ella haciendo una montaña de un grano de arena? La señora Valdermeyer también la había acusado de lo mismo. Si quería disfrutar de las siguientes dos semanas, tenía que aprender a relajarse.

Suspiró.

–De acuerdo, pero tú serás quien me presente a la gente. No se me da bien mentir.

Él sonrió.

–No será una mentira, sólo uno de los compromisos más cortos de la historia –comentó, y le puso el anillo.

Daisy sintió como si otra banda le oprimiera el corazón.

Connor sintió el leve temblor de Daisy mientras le colocaba el anillo. Él mismo ignoró su propio pulso acelerado. Era la primera vez que se comprometía con una mujer, y no tenía intención de repetirlo. La extraña ola de orgullo y satisfacción que lo inundó no significaba nada. Nada en absoluto.

Capítulo Doce

–Debo decirte que me alegro mucho de conocerte, Daisy –confesó Jessie Latimer, entusiasmada–.
Monroe y yo sabíamos que la mujer que conquistara
el corazón de Connor sería especial. Después de todo,
él no es una persona fácil.

Daisy agarró fuertemente su copa de champán y se
obligó a sonreír, tarea difícil cuando le dolía el rostro
y sentía ganas de vomitar. Connor iba a ser hombre
muerto por haberla metido en aquel aprieto, y de forma tan inesperada.

La semana anterior había transcurrido en un torbellino de visitas turísticas y actividades varias. Daisy
no había conocido ningún lugar tan a fondo como
Nueva York, ni a nadie tan a fondo como a Connor. Y,
a pesar de sus recelos, lo habían pasado muy bien. Habían visitado la ópera, el Met, Coney Island y un crucero alrededor de la isla. Y entre medias, habían disfrutado del mejor sexo de su vida, en opinión de Daisy.

Habían decidido vivir el presente, sin compromisos. No hablaban del futuro, ni profundizaban en sus
vidas y, en consecuencia, ella no había tenido tiempo
de detenerse a pensar en aquel compromiso fingido.
Según ella, estaba llevándolo muy bien.

De hecho, en los últimos seis días sólo había tenido
que superar dos momentos delicados. El peor había
sido la primera noche, cuando había querido quitarse

el anillo y Connor le había pedido que se lo dejara puesto, diciendo que no quería tener que comprar otro si lo perdía. Pero cuando habían hecho el amor esa noche y ella había visto el brillo de los diamantes, se le había encogido el corazón. Y había tardado más de una hora en quedarse dormida, a pesar del jet lag.

El segundo momento delicado lo había manejado mucho mejor, cuando había sido presentada a unos socios de Connor en una fiesta exclusiva la noche anterior. Había decidido que ya formaba parte de la farsa y a partir de entonces todo sería fácil. Sólo tenía que imaginarse como una actriz representando un papel.

Pero entonces habían llegado a la inauguración de la rompedora Galería Latimer hacía veinte minutos, y Connor la había presentado a Monroe Latimer, un artista internacional cuya obra había admirado en la Tate Gallery unos meses atrás, y a su esposa, Jessie. Y fingir que era la prometida de Connor había resultado mil veces más difícil.

La pareja eran amigos íntimos de Connor. Daisy había supuesto que él les contaría la verdad, pero cuando Jessie se había emocionado al ver el anillo, Connor había mentido sin dudarlo, hablando incluso de sus planes de boda, antes de que Monroe se lo llevara en busca de unas cervezas.

En consecuencia, Daisy se había encontrado mintiendo sin querer a una mujer que le caía bien. Jessie Latimer se había mostrado amigable, divertida y acogedora desde el principio. Así, cuando la conversación derivó hacia los planes de boda, Daisy sintió que su conciencia la estrangulaba. Ella no era deshonesta, y estaba descubriendo lo mala actriz que resultaba.

–Eres muy diferente a las otras mujeres con las que

Connor ha salido –comentó Jessie, y se ruborizó–. Lo siento, eso ha sido poco elegante. Lo decía en el mejor sentido. Monroe y yo lo conocemos desde que empezamos este proyecto, hace tres años.

Contempló la sala diáfana que albergaba algunas de las piezas más prestigiosas del arte moderno de Nueva York.

–Enseguida conectamos con él, no sólo como socio, también como amigo. Pero Monroe y yo no podíamos con las muñequitas con las que él ha salido –añadió, y soltó una risita–. Me alegro mucho de que por fin haya encontrado una mujer a su altura. Sospecho que es lo que ha necesitado toda su vida. Aunque le ha llevado muchísimo tiempo darse cuenta.

Daisy sintió que su sonrisa se hacía añicos. ¿Por qué tenía que mentir a los amigos de él? Era horrible. El anillo de diamantes le pareció pesadísimo cuando levantó su copa y tomó un sorbo de champán que le diera fuerzas. Estaba tan nerviosa que casi no podía respirar.

–¿Ocurre algo, Daisy? Estás quedándote pálida.

Se le encogió el estómago. Era el momento de la verdad. No podía seguir mintiendo a aquella mujer.

–Connor y yo no estamos comprometidos –confesó, temblando tanto que derramó algo de champán.

Jessie la miró preocupada, haciéndole sentirse un fraude aún mayor.

–¿Ah, no? –preguntó, enarcando las cejas.

Daisy se miró las manos. El destello del anillo sólo se añadió a su vergüenza.

–No vamos a casarnos. Nos conocemos desde hace sólo dos semanas. Es mi vecino. Me ha pagado para que viniera y me hiciera pasar por su prometida.

Cielos, la historia sonaba increíblemente sórdida.

Elevó la mirada, preparándose para protegerse del disgusto que esperaba ver en el rostro de Jessie. Pero para su sorpresa, la mujer soltó una carcajada.

–¿Hablas en serio? –preguntó cuando recuperó el aliento.

Daisy se encogió de hombros, avergonzada.

–Sí. Es terrible, ya lo sé. Os ha engañado a Monroe y a ti. Y yo también…

Vio que se tapaba la boca para contener la risa. No sabía qué era peor, ser la querida de Connor o el hazmerreír de todos.

–Lo siento mucho. No te avergüences –aclaró Jessie, apretándole el brazo y controlando su risa–. Es sólo que no sabes lo irónico que es.

–Gracias por habértelo tomado tan bien –dijo Daisy tímidamente.

–No hay de qué –respondió Jessie sonriendo–. Espero que no te moleste que te lo pregunte, pero es obvio que no estás cómoda con este pequeño teatro. ¿Por qué accediste a participar?

Daisy espiró profundamente.

–Es una buena pregunta. Y algo complicada.

–Me lo imagino. Y no quiero entrometerme. Pero Connor es un buen amigo, y me encantaría saber qué hay entre vosotros dos.

–Es una larga historia, al menos para mí –señaló Daisy, descubriendo que no le importaba responder.

Llevaba toda la semana pensando en aquello, ya era hora de ser sincera acerca de sus motivos.

–Querida, tenemos toda la noche, o al menos hasta que Monroe y Connor encuentren una cerveza, lo cual podría ser un buen rato, ya que los del catering creo que sólo han traído champán.

–De acuerdo –accedió Daisy, e inspiró hondo–. Antes de nada, debo decirte que vivo en una casa compartida. Trabajo seis días a la semana en mi puesto del mercado de Portobello. Y todo este ambiente de lujo y apariencias es lo opuesto a mi vida real. Ayudo en el asilo local una vez a la semana. Me encargo del proyecto Arte por Carnaval para los niños de unas viviendas de protección oficial vecinas. Soy mentora y voluntaria y estoy totalmente comprometida con mis amigos y mi comunidad.

–Ahora sé por qué me gustaste nada más conocerte –apuntó Jessie.

Animada por la aceptación, Daisy sonrió.

–No me entiendas mal. Me encanta mi vida. Me encanta la estabilidad y la sensación de pertenencia que me proporciona, y pretendo construir sobre eso cuando tenga mi propia familia algún día. No me interesa hacerme rica ni nada parecido –confesó, y dudó unos instantes–. Pero he pasado toda mi vida siendo precavida, práctica y responsable, hasta que encontrara al hombre perfecto.

A pesar de la mirada compasiva de Jessie, decidió no contarle la irresponsable vida amorosa de su madre.

–Connor, así como el mundo al que pertenece, es la antítesis total de mi hombre perfecto.

«Y el mejor amante que he tenido nunca», pensó, pero también decidió callárselo.

–No quiere que nadie dependa de él ni está interesado en establecerse, y lo entiendo. Así que no me hago ilusiones. Pero aquí y ahora, supongo que era un placer al que no he podido resistirme. Cuando me envió el billete de avión, decidí que estas dos semanas iban a ser mi cuento de Cenicienta, y hasta ahora todo ha ido muy bien.

Con algún que otro tropiezo emocional que otro.

—Pero una vez que esto termine, me alegraré de regresar a mi vida real, con sueños asequibles. Supongo que eso suena a que estoy utilizándole –se apresuró a añadir–. Pero igual que él está haciendo conmigo. No me siento culpable.

O eso intentaba.

—No creo que estés utilizándole –aseguró Jessie–. Y aunque así fuera, le estaría bien merecido.

Sonrió, y Daisy respiró aliviada. No debería, pero su aprobación le importaba.

—Debo decirte que creo que no estás haciéndole mucha justicia a Connor. Al menos en lo referente a ti –añadió Jessie, y la observó en silencio un largo momento.

A Daisy se le aceleró el pulso y la respiración.

—El Connor que describes, guapo, encantador y de poco fiar, es sólo su capa superficial –continuó Jessie–. Es la cara que enseña al mundo, como le gusta que le vea la gente. Especialmente, las mujeres.

Agarró un canapé sin apartar la vista de ella.

—Así se nos presentó a Monroe y a mí al principio –añadió, y saboreó un trozo del canapé–. De hecho, cuando nos embarcamos en este proyecto, ambos estábamos algo preocupados acerca de él. Venía con recomendaciones, pero, ¿podíamos confiar en él? ¿Abandonaría el proyecto si se ponía difícil? Era una inversión muy grande para nosotros y, por más que nos cayera bien, no estábamos seguros de él, precisamente porque parecía muy relajado, casi con exceso de confianza en sí mismo.

–¿Y por qué os arriesgasteis? –preguntó Daisy, intrigada a su pesar.

Nunca habían hablado de sus empleos. Todo formaba parte de ese acuerdo no escrito entre ambos de que no mantenían una relación seria. A pesar de ello, quería saber más.

–En un principio seguimos adelante porque mi cuñado, un financiero de Wall Street, examinó detenidamente Construcciones Brody. La empresa aún es joven, pero salió airosa, así que montamos sociedad con Connor. Casi inmediatamente, el proyecto empezó a torcerse: los permisos tardaban mucho más de lo previsto; uno de los proveedores se declaró en suspensión de pagos; el edificio tenía un problema estructural que no se había captado con anterioridad. Sólo había gastos. Francamente, la reforma fue una pesadilla –comentó, y sonrió–. Connor resultó ser nuestro caballero de brillante armadura, justo lo opuesto a lo que parecía en principio. Fue serio, dedicado, trabajador incansable, creativo y cien por cien de fiar. Incluso se puso el cinturón de herramientas un par de veces.

Daisy se llenó de orgullo ante aquellas alabanzas... y se sintió ridícula. Connor ni siquiera era su novio. ¿Realmente necesitaba conocer esa faceta de él? Había sido mucho más fácil descartarlo cuando le creía encantador pero irresponsable.

–Da gusto saber que es tan bueno en su trabajo –señaló, intentando no parecer demasiado contenta–. Debe de gustarle, seguramente pór eso tiene tanto éxito.

–Sí que le gusta, sobre todo por el desafío. Lo cual nos lleva al fascinante tema de su vida amorosa, que nunca ha sido desafiante.

Daisy bebió champán, pero no alivió su garganta seca. No necesitaba conocer las relaciones pasadas de Connor, especialmente dado que la suya tenía fecha de fin y se acercaba rápidamente. Era un buen momento para cambiar de tema.

–¿Cómo eran esas otras mujeres?

Maldición, ¿de dónde había salido eso?

–Intercambiables y superfluas –respondió Jessie–. En general eran guapas y tontas, pero algunas fueron muy astutas. No me extrañó cuando su última novia, Rachel, le anunció que estaba embarazada.

–¿Connor tiene hijos? –preguntó Daisy, palideciendo.

–Por supuesto que no –contestó Jessie–. No estaba embarazada, sólo era un susto que le convenía, dado que Connor quería terminar la relación.

–¿Y qué hizo él?

–Para asombro de todos, se ofreció a casarse con ella y hacerse cargo del niño. Aunque Monroe y yo sabíamos que sería lo último que hubiera querido hacer. Cuando luego nos anunció que ella no estaba embarazada, parecía un hombre que acabara de escapar del verdugo.

–¿No quiere ser padre? –inquirió Daisy, sintiéndose extrañamente deprimida, aunque sabía que él no era hombre de familia.

–No es una cuestión sencilla. Creo que tuvo una niñez muy difícil, y en consecuencia su actitud hacia los niños y la familia es confusa. Pero una cosa que sí sé es que lo aterra el compromiso. Es promotor inmobiliario, pero la casa vecina a la tuya es la primera que se ha comprado en toda su vida.

–Comprendo –dijo Daisy, cada vez más apagada.

Jessie sonrió cómplice.

–Con lo cual resulta aún más extraño que te haya regalado un anillo de compromiso a las dos semanas de conocerte.

Daisy miró el anillo, que parecía más pesado según hablaban.

–Sí, pero ya te he dicho que no es un compromiso real, ni por su parte ni por la mía.

–¿Estás segura?

Daisy la miró perpleja. Por supuesto que estaba segura, otra cosa era impensable. Pero no pudo articular palabra.

–Algunas cosas de esta situación no me cuadran, Daisy –añadió Jessie–. Para empezar, llama la atención lo diferente que eres a las otras mujeres con las que ha salido Connor: no eres superflua ni tonta. En segundo lugar, te trata diferente a como las trataba a ellas: ha entrado aquí contigo del brazo y te ha mostrado como suya; nunca había hecho eso, no es del tipo posesivo. Al menos hasta ahora.

Tomó a Daisy de la mano y mostró el anillo.

–Y esto del fingido anillo de compromiso parece algo extremo. ¿Por qué alguien como Connor necesita una novia fingida? Eso es lo que me gustaría saber.

–No me lo ha dicho.

Daisy decidió que nunca se lo preguntaría.

–Lo que digo es que conozco a Connor, y creo que aquí hay mucho más de lo que él o tú creéis.

Daisy tragó saliva con el corazón desbocado. No podía respirar. No quería oír algo así, era como si un abismo se hubiera abierto a sus pies. Y ella no tenía intenciones de saltar dentro.

Se soltó de la mano de Jessie.

–Me halaga que pienses que soy especial, o diferente, pero no es así –aseguró.

–Si realmente crees eso, estás haciéndote de menos, y a Connor también –replicó Jessie.

Daisy se llevó la copa a los labios, ignorando cómo temblaba. No podía hacerlo. No podía permitirse pensar ni por un momento que con Connor podía haber algo más, era peligroso. No podía enamorarse de un hombre a quien el compromiso le aterraba.

Jessie era una romántica empedernida que se preocupaba por Connor y quería verlo feliz. Pero su opinión sobre la supuesta relación entre ambos no cambiaba el resultado de su aventura de dos semanas. Y Daisy era demasiado práctica para creer lo contrario.

–Aquí no hay amor, Jessie –aseguró, aunque no sonó tan convencida como debería.

Jessie sonrió.

–No estés tan segura.

–Confiesa, amigo, ¿qué hay entre tú y esa guapa pelirroja? –preguntó Monroe Latimer a Connor terminando su cerveza–. No me digas que es tu prometida. Yo sé que por nada del mundo propondrías matrimonio.

Connor hizo un gesto de rendición. Había planeado contarle la verdad enseguida, pero entre unas cosas y otras, aún no lo había hecho.

–Se trata de mi nueva vecina. Es lista, guapa y, por razones que no vienen al caso, yo necesitaba una novia mientras estuviera aquí, y ella encajaba. Sin compromisos.

Monroe pidió otra cerveza al camarero sin apartar la mirada de Connor.

–Lo cual no explica por qué nos la has presentado a Red y a mí como tu prometida. Ni por qué le has comprado un anillo que debe de ser caro.

Connor bebió su cerveza. Se sentía como una mosca bajo el microscopio.

–Es complicado. Y poco interesante.

–Alégrame el día.

Connor soltó una carcajada, aunque sentirse tan analizado no le parecía divertido.

Monroe era un buen amigo. Incluso, una noche se habían emborrachado y se habían contado su pasado, y su amistad había sobrevivido a ello. Pero había un par de asuntos en los que no se ponían de acuerdo: el amor y la familia.

Aquella noche en que ya no les sujetaban las piernas, Connor le había asegurado que nunca se enamoraría. Y Monroe le había contestado que eso eran tonterías, que el amor no se elegía.

Lo que ni Monroe ni nadie sabía era que criar una familia, tener un hogar, era su idea del infierno. Y ninguna mujer podría cambiar eso. Cuando Rachel le había anunciado su embarazo, toda su vida había pasado ante sus ojos, y no en el mejor sentido. No se trataba de que Rachel no fuera la mujer adecuada para él. Era algo mucho más profundo y arraigado. Se había ofrecido a casarse con ella y mantener al bebé porque no podría vivir tranquilo sabiendo que el niño tendría que arreglárselas solo. Pero eso no cambiaba lo que realmente sentía: no deseaba un hijo, ni una esposa.

Sin embargo, Monroe creía que aquella farsa con Daisy era significativa. Sin duda Connor había disfrutado de la compañía de Daisy la última semana. Le había encantado enseñarle las cosas y ver su reacción entusiasta; en la cama, había excedido sus mayores expectativas; le había gustado mostrarla como su prometida... pero eso era todo. Dentro de una semana, cada uno se marcharía por su lado. Así que Connor iba a aclararle las cosas a su amigo.

–De acuerdo –dijo, y suspiró–. Debería haber sido sincero con Jessie y contigo. Pero, después de los consejos para encontrar pareja que he tenido que soportar de tu querida esposa, no he podido resistirme cuando ella ha visto el anillo.

–Te comprendo –dijo Monroe, saludándolo con su botella de cerveza–. Pero espero que te des cuenta de que, en esta pequeña broma, te va a salir el tiro por la culata.

–Ella me perdonará –afirmó Connor, recuperando la confianza en sí mismo–. Después de todo, no puede resistirse a mi encanto irlandés.

Monroe rió.

–No me refería a eso. Por un minuto, has logrado engañarme tanto como a Jessie. ¿Quieres saber por qué?

Connor no dijo nada.

–Porque encajáis, tú y tu pequeña pelirroja –aseguró Monroe–. Se llama Daisy, ¿verdad?

A Connor se le detuvo el corazón. Asintió como atontado, intentando recuperarse. Era ridículo.

–Encaja contigo, amigo –insistió Monroe–. Soy artista, tengo ojo para estas cosas. Ella es «ella».

Connor maldijo en voz baja, con el estómago encogido, mientras intentaba encontrarle la gracia. ¿Y si el chiste era a su costa?

Monroe rió.

–¿Qué ha ocurrido con tu irresistible encanto irlandés, amigo?

***

–¿Por qué no me dijiste que Jessie y Monroe eran amigos tuyos, antes de que llegáramos a la galería hoy? –preguntó Daisy, dejando sus pendientes en el tocador.

No había querido sacar el tema hasta tener bien controladas sus emociones. Y, después del shock provocado por Jessie, le había llevado algún tiempo.

Connor la sujetó por la cintura y la apoyó contra su torso, desnudo y cálido.

–Estabas preciosa esta noche –alabó, acariciándole la oreja con la boca–. Voy a tener que contratarte de nuevo para este numerito.

Ese comentario, y el deseo provocado por sus caricias, la hicieron explotar: se giró y empujó el torso musculoso.

–No tiene gracia –aseguró, más dolida que enfadada, odiándose por ser tan débil–. Me has puesto en una posición muy difícil, no sólo por no decirme que los conocías, sino por comentarles que íbamos a casarnos. Y por dejarme a solas con Jessie de pronto. Me he sentido fatal. Sabías que no quería mentir.

Él se apartó, pero mantuvo las manos firmes en la cintura de ella.

–No te enfades. No ha pasado nada, se han dado cuenta rápido.

–Jessie no. He tenido que decírselo –replicó ella, dándole la espalda.

Y lo que Jessie le había dicho aún le daba pánico. Su fantasía se había vuelto mucho más real esa noche, y mucho más aterradora. La semana pasada había logrado mantener sus turbulentas emociones bajo control, pero al sentir las manos de él en su cuerpo, su aroma masculino se había convertido en algo más importante para ella de lo que debería haber sido.

–No comprendo por qué lo has hecho –continuó ella, mirándolo por el espejo.

Con el torso desnudo, él resultaba tan irresistible como siempre, pero mucho más peligroso.

–¿Por qué me has presentado a ellos como tu prometida?

Él se encogió de hombros.

–Ha sido un impulso, supongo –respondió, con una medio sonrisa, pero desviando la mirada–. Deja de preocuparte.

Le retiró el cabello del rostro y paseó el dedo por su cuello.

–Vayamos a la cama y olvidémoslo. Tengo algo mucho más interesante que discutir –susurró, abrazándola por la cintura con un brazo, al tiempo que con la otra mano le acariciaba un seno.

Daisy gimió. Sintió la erección contra sus glúteos, a través de la ropa, desencadenando una respuesta instantánea en su vientre. Giró la cabeza y se entregó a su beso exigente, deseando olvidarlo todo salvo la sensación del cuerpo de él, sus caricias, sus besos.

Él no le había contestado. ¿Quería realmente que lo hiciera?

Se giró y lo abrazó por el cuello, decidida de pronto a agarrarse a lo único que tenía sentido.

–Esto es lo único que importa, ángel mío –aseguró él, subiéndola en brazos y llevándola al dormitorio.

«Sí, es lo único que importa. No busco nada más».

Pero, a pesar de que se entregó al momento, el pánico y un ilógico pesar le encogieron el corazón.

Capítulo Trece

Daisy contempló el Castillo Belvedere con una sonrisa agridulce. Parecía sacado de un cuento de los hermanos Grimm.

Suspiró. Nada de soñar despierta. Era su último día en Nueva York, y durante la última semana había logrado vivir el momento, ignorando las dudas que Jessie había despertado. No iba a estropearlo todo en aquel momento.

Connor había resultado ser un experto en disfrutar del presente. Siempre que ella había empezado a pensar en asuntos serios, o se había quedado mirándolo y preguntándose, él había encontrado la manera de distraerla. Con un crucero alrededor de la estatua de la Libertad, una cena de lujo en su restaurante favorito, o en la cama, donde se había convertido en un experto en hacerle olvidar todo salvo el fuego entre ellos.

En los pocos momentos sin actividades que habían compartido, ella no había podido evitar pensar cómo habría podido ser si fueran personas diferentes, si tuvieran las mismas necesidades. Intentó no adentrarse en ese terreno, pero en aquel momento, con los envases de comida esparcidos por el suelo delante de ellos y ese condenado castillo de cuento de hadas a la vista, parecía que no podía evitarlo.

Tras la fiesta del gobernador aquella noche y el viaje de vuelta a casa al día siguiente, regresaría a su vida real. No quería admitirlo, pero lo que más echaría de menos, mucho más que el glamour y la diversión, sería la intimidad que había compartido con Connor. Él viviría en la casa de al lado, pero se hallaría fuera de su alcance. Tenía que romper limpiamente, fuera como fuera. Dejar que se prolongara sería un suicidio; los dos sabían desde el principio que se trataba de un acuerdo por dos semanas.

El sol calentaba el sombrero de ala ancha que protegía sus pecas, mientras ella observaba a Connor tumbado a su lado en el césped, con las manos entrelazadas bajo la cabeza y los ojos ocultos tras unas gafas de sol de diseño. Su camiseta se había levantado de un lateral, revelando una franja de su abdomen moreno.

Daisy recordó la primera noche, cuando había ansiado tocar aquel cuerpo desnudo. Ahora lo conocía al milímetro, y aun así tuvo que controlarse para no acariciar aquel vientre cálido y plano.

Qué decepcionante: dos semanas de ininterrumpido placer sexual no habían mermado su deseo hacia él.

Se quitó las sandalias, estiró los pies en el césped y miró a Connor. No estaba dormido, probablemente sólo pensaba. ¿En qué? Curiosamente, llevaban dos semanas juntos, pero ¿qué sabía realmente de él? Aparte del hecho de que no buscaba una novia a largo plazo, que tenía más encanto y carisma de lo posible, y que poseía una empresa inmobiliaria de gran éxito.

Tras plantearse la pregunta, una serie de imágenes inundaron su mente: la manera en que él había disfrutado de su perrito caliente en Coney Island, con tanto deleite como al degustar una comida en un restaurante de cinco tenedores; su costumbre de echar unas monedas en la lata de cada mendigo junto al que pasaban; lo a gusto que estaba vestido tanto con un traje de diseño como con sus vaqueros desteñidos; lo mal que cantaba en la ducha; o cómo siempre alababa su atuendo, generalmente antes de quitárselo.

¿Qué decía eso de él? Que era enormemente generoso, compasivo con los menos afortunados, nada esnob, hombre de buen gusto, insaciable y con mal oído. Pero casi todo de él seguía siendo un misterio. Sus conversaciones siempre eran deliberadamente superficiales. Ninguno de los dos hablaba de su pasado. Mejor así, por el bien de ambos. Aunque, con tan sólo veinticuatro horas juntos por delante, ya no estaba tan segura. Sentía una incontrolable curiosidad hacia él. Desde que lo había cuidado durante sus horribles pesadillas nocturnas la primera noche que habían pasado juntos, se había preguntado qué había detrás de él.

Suspiró. «Olvídalo. Ya sabes lo que dicen de la curiosidad y el gato. Será mejor que dejes las cosas como están».

Oyó un grito y vio a un padre lanzándole una pelota a sus dos hijos, alejados unos metros. Se concentró en observarlos, para evitar que su mente se adentrara en terrenos peligrosos.

Sonrió y al tiempo se le encogió el corazón. ¿Qué tipo de padre sería Connor si su última novia sí se hubiera quedado embarazada? Soltó una risita. Seguramente le daría un infarto si se lo preguntaba.

–¿Qué es tan gracioso? –preguntó él, apoyándose en un codo y mirándola.

Daisy se ruborizó e intentó pensar en una respuesta inofensiva. Señaló la estampa familiar.

116

–Sólo pensaba en lo buen padre que es.

Connor miró hacia donde señalaba y resopló.

–¿Cómo sabes que es un buen padre?

–Porque está siendo justo con ambos hijos. Y porque realmente disfruta de su compañía. Cuando yo tenga hijos, quiero que su padre sea así, alguien tan involucrado y comprometido como yo –confesó con un suspiro.

–¿Cuando tengas hijos? –preguntó Connor, enarcando las cejas.

–Claro –respondió ella, y se ruborizó.

Tal vez había hablado demasiado. Pero, ¿qué demonios?, aquél era su sueño desde hacía mucho tiempo, ¿por qué iba a guardar el secreto?

–Siempre he querido una gran familia feliz. Para mí, es lo que hace que la vida merezca la pena.

Él la contempló durante una eternidad sin decir palabra.

–¿Así fue tu familia, tu padre?

Aquella pregunta tan personal la dejó atónita. Ambos habían evitado ese terreno hasta entonces.

–Nunca conocí a mi padre –respondió ella, y se encogió de hombros–. Pero nunca me faltaron padres falsos.

Vio que él la miraba entrecerrando los ojos, y rió, intentando sonar desenfadada aunque el resultado fue de crispación.

–Mi madre era una bohemia, adicta a la idea del amor. Así que, se enamoraba perdidamente de algún hombre, nos íbamos a vivir con él y entonces descubría que ya no lo amaba, o no lo suficiente. Por eso tuve numerosos padres falsos.

¿Cómo había salido el tema? Pensar en aquellos

hombres que no habían querido ser su padre, ni el padre de nadie, siempre le hacía sentirse insuficiente y muy insegura.

–Ninguno de ellos era horrible ni nada parecido. Todos intentaron ser agradables. Pero no eran mi padre y no deseaban serlo.

–Eso debió de ser duro –comentó él suavemente.

Su capacidad de percepción la sorprendió y le hizo sentirse vulnerable hasta la incomodidad.

–Supongo que lo fue al principio –comentó, incómoda por la empatía de su mirada–. De pequeña, solía cometer el error de encariñarme con ellos, y me quedaba destrozada cuando se marchaban. Pero, tras un tiempo, me di cuenta de que ninguna de las relaciones de mi madre duraría. Desde entonces, me obligué a no encariñarme demasiado, y todo fue más fácil.

Connor se sentó, con una extraña opresión en el pecho. Ella acababa de abrirle una puerta a su vida que él no deseaba. La última semana se había asegurado de que a ninguno de los dos les quedara mucho tiempo para pensar. Había estado a punto de estropearlo todo en la galería. Aún no sabía qué le había llevado a presentar a Daisy como su prometida a Jessie y Monroe.

Así que esa noche, al verla tan herida, tan infeliz, había decidido que lo mejor sería mantener el ánimo alto y no volver a cometer errores estúpidos. Por no hablar de sentimientos, emociones y todo eso que complicaba las cosas.

Pero de alguna manera, al verla ahí, al oír su dolor cuando hablaba de sus falsos padres que la habían rechazado, sintió la urgencia de consolarla, de compensarla.

—Pobre, Daisy. ¿Quién lo habría pensado?

Le acarició la mejilla con el pulgar y sintió que se estremecía.

—¿Quién habría dicho que mi pequeña Daisy, práctica y resuelta, sería tan soñadora?

Forzó una sonrisa, queriendo aligerar la situación.

Ella le apartó la mano.

—¿Qué tiene de gracioso que quiera una familia? —le reprochó, dolida—. Sólo por que tú no la quieras, no tienes derecho a reírte de mí.

—No me río de ti. No me parece gracioso, pero sí muy dulce e ingenuo.

—¿Ingenuo por qué? —preguntó ella cautelosa.

—Porque estás buscando algo que nunca encontrarás. No existe un final feliz. Tu madre no lo encontró porque nunca lo hubo.

Suspiró y señaló al padre, que seguía jugando con sus hijos. La vieja amargura se apoderó de él.

—¿Cómo sabes que ese hombre no se emborracha de cuando en cuando y pega a esos niños?

Ella contuvo el aliento, conmocionada.

—¿Por qué piensas eso? —susurró.

Él se encogió de hombros, tenso.

—Porque sucede.

—Tu padre te hizo eso, ¿verdad? —preguntó ella suavemente.

Connor creía que el corazón iba a salírsele del pecho.

—¿Cómo lo sabes?

Vio la empatía y la preocupación en aquel rostro

y se preguntó por qué demonios había comenzado aquella conversación.

–Hablas en sueños, Connor, cuando tienes pesadillas.

Daisy lo vio apretar la mandíbula, desaparecida su sonrisa de arrogancia. Y sufrió por él.

–Y he visto las cicatrices de tu espalda –añadió.

¿Cuántas más tendría en el corazón? De pronto, quiso saber. Había aceptado que lo suyo sería una aventura temporal, que él no buscaba nada permanente, cosa que ella no podía cambiar. Pero repentinamente, quiso saber por qué. ¿Por qué quería negarse a sí mismo lo único que importaba en la vida?

–¿Me hablas sobre ello?

Él soltó una risita, pero con un vacío de fondo que atravesó el corazón de Daisy.

–No hay mucho que contar –empezó él–. Mi madre murió. Dejó a mi padre solo con seis hijos.

Tragó saliva.

–Aquella noche, regresó a casa del hospital, lloró como un bebé y se emborrachó hasta perder el conocimiento. A partir de ahí, todo cambió.

Arrancó algo de césped y lo frotó entre los dedos.

Ella esperó, en parte asustada ante lo que él podía contar, y en parte deseando saberlo para poder comprender.

–¿Cómo cambió? –le animó suavemente.

–Al principio sólo era un bofetón en la cabeza, o un puñetazo cuando menos lo esperabas. Pero luego fue su cinturón, su bota, hasta que te desmayabas. El alcohol le cambió y no podía controlarlo.

A Daisy se le escaparon algunas lágrimas, pero se las secó rápidamente. Él no quería su empatía.

–Mi hermano Mac y yo esperábamos en la ventana, vigilando a que viniera. Mac le preparaba el té, yo
bañaba a las niñas, les daba de cenar y las metía en la
cama antes de que él regresara a casa. En una buena
noche, estaba tan borracho que apenas podía andar,
así que le dábamos de cenar y lo metíamos en la
cama, y ahí terminaba todo. Pero cuando la noche
era mala...

Se detuvo y la miró a los ojos.

–Eso no es una familia feliz, Daisy. Es sobrevivir a
duras penas.

Daisy posó la mano en su mejilla, deseando poder
aportarle todo el consuelo posible.

–Lo siento mucho, Connor.

Él se apartó, a la defensiva.

–No hay nada que sentir.

–Ningún niño debería pasar por eso.

Él le enjugó una lágrima.

–No sigas, Daisy. En realidad no es una historia
triste. Salí de ahí. Me fabriqué una vida lejos de todo
eso. Una vida con la que soy feliz.

«Pero sólo es media vida», quiso decirle. ¿Acaso
no lo veía?

–¿Qué les ocurrió a Mac y a tus hermanas?

Puro dolor cruzó el rostro de Connor unos instantes, pero enseguida se recompuso.

–Las autoridades descubrieron lo que sucedía. Nos
vimos separados, llevados a casas de acogida y adopta-
dos.

–¿Lograsteis mantener el contacto?

–No. No los he visto desde entonces. Pero Mac es
actor de cine ahora. Se le conoce con su nombre
completo, Cormac.

Daisy parpadeó atónita. ¿Su hermano era el actor irlandés que había conquistado Hollywood en los últimos años?

–¿Cormac Brody es tu hermano? Si lo sabías, ¿por qué no le has contactado?

–¿Por qué iba a hacerlo? –replicó él con aparente indiferencia–. No es parte de mi vida, y yo no lo soy de la suya. Le eché de menos una temporada, igual que al resto, pero estaban mejor sin mí, y yo sin ellos.

–Eso no es cierto –protestó ella, incapaz de soportar el cinismo de su tono de voz–. Todo el mundo debería tener una familia. Los necesitas, son parte de ti.

–Daisy, no sigas –dijo él, haciéndole elevar la barbilla–. Sí es cierto, y así lo quiero. Cuando era pequeño, solía pasar las noches despierto, tumbado en la cama, rezando a la Virgen para que mi mamá regresara, que mi padre dejara de beber, que todo volviera a ser como antes y pudiéramos ser una familia feliz de nuevo. Pero aprendí una valiosa lección: no se puede volver hacia atrás. Y no te puedes fiar de nadie. No hay nada seguro. Nada dura eternamente. La vida sucede, con lo bueno y lo malo. Como el hecho de que te cruzaras en mi camino. Así que, divirtámonos cuanto podamos mientras dure. Con eso es suficiente.

No lo era, ni de lejos, pensó ella.

Connor le pasó el brazo por los hombros según regresaban caminando por el parque. Mientras el sol se ponía, tiñendo el castillo de dorado, Daisy reflexionó sobre todo lo que él le había contado, y sintió que su fantasía se hacía pedazos y la realidad se colaba a raudales. Connor vivía el momento, rechazaba responsabilidades y se autoconvencía de que la familia no era para él, no porque fuera egoísta o superficial, sino por aquel niño traumatizado que había crecido demasiado pronto y se había hecho cargo de una responsabilidad que nunca debería haber sido suya.

No le asustaba el compromiso, lo que le asustaba era arriesgarse, querer algo que pudiera volver a explotarle en el rostro.

Menudo par de cobardes. Mientras él tenía miedo de intentarlo, ella lo tenía de cometer los mismos errores que su madre. Por eso había negado lo evidente: estaba enamorándose perdidamente de él.

Se mordió el labio inferior, decidida a no permitir que su torbellino emocional fuera visible, mientras se hacía consciente de la enormidad de lo que acababa de admitir.

¿Qué demonios iba a hacer a partir de entonces?

Capítulo Catorce

Con Connor a su lado, vestido de un impecable esmoquin a medida, Daisy paseó la mirada por el magnífico salón de baile. ¿Cuánto más surrealista podía volverse su vida? El baile era un evento anual organizado por el gobernador de Nueva York para alguna organización benéfica, pero en realidad se trataba de una excusa de los ciudadanos más importantes de la ciudad para mostrarse en público.

El collar que él le había regalado hacía juego con el vestido de satén color esmeralda que se había hecho ella misma.

Daisy inspiró hondo y se apoyó en el brazo de Connor para mantener el equilibrio. Desde su regreso del parque, tenía una mezcla de emociones alborotadas y sus sentidos aún no se habían recuperado del impacto. Pero había logrado tomar una decisión importante esa tarde: iba a vivir el final de su aventura al máximo. Ya tendría tiempo al día siguiente para asustarse por su corazón caprichoso.

–Daisy, ese vestido es sensacional –alabó Jessie Latimer, acercándose con una copa de champán y una sonrisa–. ¿Dónde lo has comprado? Hay gente a la que le gustaría saberlo.

Daisy dudó, preguntándose si estaría bien visto admitir que era creación suya.

–Se lo ha hecho ella misma –informó Connor, atrayéndola hacia sí orgulloso–. No sólo es bella sino talentosa además.

Daisy sintió que se le aceleraba el pulso cuando Jessie la miró intencionadamente.

–Eso es fabuloso. Oye, Daisy, le he hablado mucho de ti a mi hermana, y le encantaría conocerte –comentó, tomándola de la mano.

–Me encantará conocerla.

Un rato alejada de Connor la ayudaría a recuperar la calma, con vistas a la noche que quedaba por delante.

Connor frunció el ceño conforme Daisy se separó de él.

–Esperad, yo también puedo saludarla –propuso.

–Sólo chicas, grandullón –replicó Jessie–. Linc y Monroe están en la barra intentando conseguir unas cervezas, ve con ellos.

Mientras Jessie la conducía por entre la elite de Manhattan, Daisy miró hacia atrás. Connor seguía donde lo habían dejado, increíblemente atractivo con su esmoquin a medida, el ceño fruncido y las manos en los bolsillos, observándolas irse.

Suspiró. De acuerdo, estaba enamorándose, pero eso no significaba que se volviera estúpida. Lo único que tenía que hacer era ponerle freno, disfrutar la noche y hablar con él al día siguiente. Ella sabía lo que quería en la vida, y Connor había dejado muy claro esa tarde que no perseguían lo mismo. A menos que él también se enamorara de ella, eso no iba a cambiar.

–Resulta impresionante con ese esmoquin, ¿verdad? –comentó Jessie, sacándola de sus pensamientos–. ¿Cómo estás? No tenemos que ir con Ali. Se me ocurrió que te vendría bien un descanso antes de que empiece el baile. Connor y tú parecéis conmocionados, ¿ha ocurrido algo?

Desde luego, ella estaba conmocionada, aunque no sabría decir si Connor también. En el taxi de regreso del parque, le había visto mirarla con cautela, por eso no le había revelado sus sentimientos. ¿Por qué arruinar la atmósfera antes de estar segura? Además, quería añadir aquella noche a sus recuerdos antes de que todo terminase.

–No ocurre nada –aseguró–. Sólo es que esto es mucho para una chica de Portobello.

–¡Cielo santo! –exclamó Jessie, mirando por encima del hombro de Daisy–. Esa mujer es una amenaza. El pobre Lincoln ha tenido que quitársela de encima hace diez minutos, y ahora va por Connor.

Daisy se giró, palideció y a continuación se ruborizó. Pegada a Connor como una segunda piel había una rubia neumática con una falda que apenas le cubría los glúteos y unos senos que podrían sacarle un ojo a alguien.

Él seguía con las manos en los bolsillos, y su lenguaje corporal sugería que no estaba disfrutando demasiado del encuentro, pero entonces la mujer le susurró algo al oído y él posó la mano en su cintura.

A Daisy se le nubló la vista de ira. ¿No sabía esa mujer que él estaba comprometido?

–¿Quién es? –preguntó calmada, a pesar del volcán en su interior.

–Mitzi Melrose, la mayor ligona del planeta –respondió Jessie–. Su marido es Eldridge Melrose, financiero multimillonario, y no parece que la tenga muy satisfecha, a juzgar por sus descarados flirteos.

Daisy casi ni la oyó. La operadísima mujer seguía

con sus avances y Connor no estaba haciendo nada por detenerla. Había vuelto a guardarse la mano en el bolsillo, de acuerdo, pero no se había apartado.

Ella nunca había comprendido los celos, pero en aquel momento se adueñaron de ella. Llevaba el anillo de falso compromiso en un dedo porque él se lo había pedido, había permitido que le presentara a todos como su prometida, y de pronto tenía a otra mujer pegada a él. Y, por si fuera poco, había hecho que se enamorara de él, el muy estúpido.

–Perdóname unos minutos –dijo, fulminando con la mirada a su prometido fingido.

–Adelante –oyó que la animaba Jessie.

Pero no tuvo tiempo de procesarlo, mientras atravesaba la multitud impulsada por su justificada ira.

Había sido una idiota. Se había dedicado a vivir el momento, pero en el proceso había perdido una parte fundamental de sí misma. Era una mujer independiente, pero había cedido todo el peso a Connor. ¿Y a cambio de qué? De un corazón roto, todo lo más. De acuerdo, ya arreglaría eso, pero él no iba a manosear a otra mujer en público cuando se suponía que estaba prometido a ella. Tal vez el compromiso fuera falso, pero sus sentimientos eran muy reales. Tal vez él no la amara, pero iba a respetarla.

Él elevó la cabeza, como percibiendo su llegada, la miró fijamente y sonrió. ¿Qué demonios le parecía tan divertido?

Connor dejó de prestar atención a Mitzi. El corazón se le aceleró al ver acercarse el vestido de satén de Daisy, que moldeaba sus curvas a la perfección. Su impaciencia fue reemplazada por una añoranza que no comprendía, ni deseaba comprender.

Él no era un gran fan de las relaciones sociales, así que al ver aparecer a Daisy con ese vestido aquella tarde, había querido olvidarse del baile y quedarse en la suite, haciéndole el amor el resto de la noche, y luego oyéndola hablar. Y, ya al final, ella dormiría apoyada en su pecho.

Pero, después de todo lo que le había contado en el parque, había tenido que renunciar a esa idea. Hablándole de su pasado, había permitido que las cosas se volvieran demasiado serias de nuevo, sin pretenderlo. Y, para rematarlo, había visto añoranza en la mirada de ella y no había sabido cómo reaccionar. Daisy no había cuestionado lo que él había dicho, sólo lo había aceptado, pero desde entonces él esperaba que cayera el hacha: que ella le dijera que no era su hombre adecuado, o que le lanzara el pasado a la cara, o que le exigiera más de lo que podía darle. Pero eso no había sucedido, y estaba volviéndose loco.

Una vez en la limusina, con el seductor aroma de ella envolviéndolo, había tenido que afrontar el hecho de que no iba a poder dejarla marchar cuando regresaran a Inglaterra al día siguiente. A pesar de las dos semanas juntos, seguía cautivándole igual, si no más, que la primera vez que habían hecho el amor.

Ella se encontraba a menos de un metro cuando por fin vio su rostro, que irradiaba ira y determinación. Se le encogió el estómago, ¿había llegado la hora? ¿Iba a dejarle?

Reprimió la repentina ola de pánico, dolor y tristeza que le inundó. Mala señal, porque lo que había entre ellos, fuera lo que fuera, no había terminado. Y él no le iba a permitir romper.

–Hola, Connor. ¿No me presentas a tu nueva amiga? –preguntó Daisy excesivamente dulce.

La muñequita tenía la mano apoyada en el pecho de él. Daisy apretó el puño, resistiendo apenas el impulso de abofetearla.

Connor pareció confuso un instante y miró a la operada.

–Claro. Mitzi, ésta es Daisy Dean, mi prometida. ¿Podrías dejarnos para...?

Mitzi lo interrumpió con una risa estridente.

–¿Tu prometida? Me tomas el pelo. Nunca has hablado de casarte, bombón –dijo, rozándole la mejilla con un dedo y mirando maliciosamente a Daisy–. Supongo que se le habrá olvidado. Estábamos pasándolo tan bien...

Empujó hacia adelante su pecho de quirófano.

–Ya sabes, querida, los hombres se distraen con facilidad.

Ésa sí que ya no la aguantaba, pensó Daisy.

–Así es –saltó, forzando una sonrisa–. Especialmente cuando se ven envueltos en tanto perfume barato que tumbaría a un oso.

Mitzi se quedó boquiabierta.

–Daisy, ¿qué mosca te ha picado? –inquirió Connor, agarrándola del brazo.

Ella elevó la barbilla, nerviosa.

–No lo sé, Connor. Tal vez se deba a verte pegado a ella cuando se supone que estás comprometido conmigo.

Él la miró como si hablara en chino. Y Daisy se enfureció. Así que todo se reducía a eso: a un juego, al menos para él. Ella sólo era una más de las mujeres a las que había encandilado.

–Ya me has oído, Connor. O me respetas, o no.

–¡Pagué una fortuna por este perfume, desgraciada! –gritó Mitzi.

–¡Cierra el pico, Mitzi! –le espetó Connor.

–Pienso contárselo a mi marido –amenazó la mujer, dándose media vuelta–. Puedes despedirte de ese trato.

–Como quieras. Y ahora, piérdete –dijo, sin apartar los ojos del rostro de Daisy.

La mujer resopló y se alejó, y Daisy se dio cuenta de que todo el mundo los miraba.

–¿Qué tal si me dices qué demonios está sucediendo aquí? –preguntó Connor, ignorando a la audiencia.

Daisy intentó separarse, humillada, pero él no la soltaba. Dejó que la inseguridad y la ira se apoderaran de ella, ya que había hecho el ridículo. Y, por si fuera poco, Connor la miraba como si estuviera loca. Daisy contuvo las lágrimas, que le quemaron los ojos. Era descaradamente injusto. ¿Por qué tenía que ser ella la que se enamorara?

Contuvo un sollozo. No iba a llorar por él. Y menos delante de tanta gente.

–Suéltame. Quiero regresar al hotel –susurró–. Estamos haciendo una escena.

–Al diablo con eso –dijo él, y la tomó del otro brazo, a pesar de su oposición–. Vas a decirme a qué te referías. Por supuesto que te respeto. ¿Cómo no iba a hacerlo?

–No voy a hablar de eso. Ahora no.

–Ya lo creo. Estoy harto de esperar oírtelo decir.

Antes de poder imaginarse a qué se refería, él la agarró de la muñeca y la arrastró entre la gente, fuera del salón. Daisy nunca se había sentido tan mortificada. Y lo peor era la idea de que tal vez no podría aguantar y lo revelaría todo, quedando a su merced completamente.

Se metieron en el tocador, vacío afortunadamente. Connor cerró de un portazo y se giró hacia Daisy con el ceño fruncido.

–Quiero saber qué está pasando.

–No tengo por qué decirte nada.

Él la apretó contra el lavabo: muslos firmes atrapando sus caderas, manos ardientes en la piel expuesta de su espalda, el olor a jabón y feromonas superándola.

–Piénsalo de nuevo, porque no vas a marcharte de aquí hasta que hables.

Daisy sintió que su entrepierna latía cual lava hirviendo. Empujó el pecho de él, que apenas se movió. Lo fulminó con la mirada, pero él ni se inmutó.

–No me ha gustado verte manosear a esa cualquiera –gruñó–. Pero ya lo he superado.

–¿Te refieres a Mitzi? –preguntó él, tan perplejo que ella se enfureció de nuevo.

–Sí, ésa. Ya sé que nuestra relación es un fraude –¿cuándo se le había olvidado?–, pero si pudieras abstenerte de tontear con otras mujeres en público, te lo agradecería. Tengo orgullo, ¿sabes? Puede que no posea unas piernas largas ni unos senos operados, pero para los presentes soy tu prometida, y me debes un respeto.

Sonaba patética. Deseaba matarlo. ¿Cómo había logrado transformarla en aquella desesperada loca que no reconocía?

Él frunció el ceño aún más, y de repente enarcó las cejas.

—Cielos, estás celosa —murmuró incrédulo.

—No es cierto —replicó ella—. Eso me convertiría en una imbécil.

—Sí que lo estás —aseguró él, con una amplia sonrisa.

La satisfacción de su mirada hizo explotar a Daisy.

—Se acabó, me marcho.

Intentó soltarse, pero él la agarró de la muñeca. Luego, introdujo los pulgares bajo el vestido, poniéndole la carne de gallina. Daisy ahogó un grito.

—Estás guapísima cuando te enfadas, ángel mío —dijo, y rió satisfecho.

—No te atrevas a reírte de mí —advirtió ella iracunda—, o te abofeteo.

Logró soltarse e intentó pegarle, pero él sujetó su mano y la besó en los nudillos.

—Tranquilízate, ángel.

Entonces sintió la erección de él, grande y firme, y se encendió por dentro.

—Olvídalo, no vamos a hacer el amor —le advirtió—. Por si no te has dado cuenta, estamos discutiendo.

—Ya lo hemos hecho —replicó él, bajándole la cremallera del vestido y dejando al descubierto su sujetador—. Y ahora vamos a disfrutar de la reconciliación.

—No podemos, estamos en el tocador —protestó ella, histérica y tan excitada que temía explotar.

Él le levantó el sujetador y acarició sus senos con las manos, luego con la boca. Daisy ahogó un grito conforme él lamía y succionaba, y dejó de pensar con coherencia. Hundió las manos en el cabello de él, apoyó la cabeza en el espejo y se entregó al torbellino de sensaciones.

Él la subió al lavabo, le levantó la falda e introdujo un par de dedos en su centro íntimo.

—Te deseo, Daisy. Más de lo que nunca he deseado a nadie.

Acarició sus pliegues húmedos y la besó apasionadamente. Luego, temblando de deseo, Daisy lo observó protegerse y liberarse de sus pantalones. Gimoteó cuando él la agarró de las caderas, apartó sus bragas y la penetró larga y ferozmente. Se agarró a él, entregada al exquisito gozo que la inundaba, y le oyó gemir al tiempo que ella alcanzaba el clímax.

Luego, le temblaron los dedos en la nuca de él, mientras escuchaba sus respiraciones jadeantes.

Connor la miró a los ojos.

—Esto no ha terminado. Aún no —aseguró él, acariciándole los muslos—. Lo sabes, ¿verdad?

Ella percibió el ansia en su voz, y se llenó de esperanza.

—Sí —susurró.

Sintió que caía al vacío. No estaba enamorándose, ya lo había hecho.

Capítulo Quince

Daisy durmió mal en el vuelo de regreso, a pesar de ir en primera clase y de estar física y mentalmente exhausta por la montaña rusa emocional en que se había convertido su vida. Le asaltaban miles de dudas.

¿Y si le confesaba que lo amaba y él se enfadaba? ¿Y si la llamaba ilusa? ¿Y si realmente lo era? Tendría que confesárselo, o se volvería loca. Pero, ¿cuándo?

Se durmió sobre Nova Scotia, con la mano de Connor apoyada en su cadera, consciente de que, cuando regresaran a casa, tendría que afrontar una de las conversaciones más difíciles de su vida. Pero se prometió que no se acobardaría, ni tampoco permitiría que lo hiciera Connor. Él iba a tener que esgrimir algo más sustancial que un «aún no».

–Despierta, ángel. Ya estamos en casa –anunció Connor, y le invadió el pánico.

«No seas idiota, sólo es una expresión. No significa nada».

Besó a Daisy en la mejilla y vio que abría los ojos y lo miraba. Se le encogió el corazón. ¿Por qué no podía dejarla marchar? Había pasado despierto todo el vuelo intentando descubrirlo. Debía de ser porque ella no había hecho como muchas mujeres, que habrían intentado que se comprometiera. En cuanto lo hiciera, aquella luna de miel terminaría. Pero al detenerse frente a su casa y mirarla, se había preguntado si no tendría un grave problema. Ella había logrado sortear sus barreras, y no le gustaba.

La observó estirarse y sintió la familiar ola de deseo. ¿Por qué seguía deseándola, todo el tiempo? ¿Lo había hechizado?

–¿Ya estamos en casa? –preguntó ella con un bostezo.

De nuevo esa expresión. No le gustaba, ratificó Connor.

–Sí –dijo, bajándose de la limusina.

Tal vez necesitaba apartarse de ella un tiempo, tomarse un descanso. Pero cuando la agarró de la mano para ayudarla a bajar, supo que no podía hacerlo.

El chófer dejó sus maletas en la acera.

–¿Desea que las meta en la casa, señor?

–No, así está bien –respondió, dándole una generosa propina–. Gracias por todo, Joe.

Mientras el coche se alejaba, Connor definió su plan de acción. Mantendría a Daisy a su lado un poco más. La quería cerca, en su casa. Pero tampoco demasiado cerca. Ya lo estaba suficiente.

Agarró las dos maletas grandes.

–Llevémoslas a mi casa. Tenemos que hablar.

Ella miró hacia la casa y palideció. Dejó caer la maleta que llevaba.

–¿Qué es eso? –preguntó.

Connor miró hacia donde señalaba y vio el cartel de «Se vende». Había olvidado su conversación con el agente inmobiliario de hacía tres semanas. Se giró y vio el rostro horrorizado de ella y sus ojos llenos de lágrimas. Se puso a la defensiva.

–¿Te mudas? –preguntó ella con un hilo de voz.

Su primer impulso fue responder que no. Ya no deseaba hacerlo. Pero, en cuanto la necesidad de tranquilidad y cuidados surgió en su interior, el pánico le cerró la garganta. ¿Cuál era su problema? No quería algo permanente, ya había tenido esa responsabilidad y había fallado espectacularmente. No podía arriesgarse a que ocurriera de nuevo. No podía permitirse estropearlo.

Se encogió de hombros y se obligó a ignorar la tristeza de la mirada de ella.

–Sí. Pero, tal y como está el mercado, hará falta un tiempo hasta que se venda.

Un tiempo suficientemente largo, esperaba, para superar aquel capricho pasajero.

–Mientras llega ese momento, seguiremos disfrutando el uno del otro. Hasta ahora ha sido divertido –dijo, esforzándose por mantener su sonrisa seductora.

Daisy sintió como un puñetazo en el estómago. Él estaba vendiendo su casa, iba a mudarse, ¡y no se había molestado en contárselo! Miró el anillo y se dio cuenta de lo ilusa que había sido.

Se tragó las lágrimas y se irguió.

–No, gracias. Prefiero un corte limpio. Aquí y ahora –dijo, tendiéndole el anillo–. Esto es tuyo.

Él apretó la mandíbula y dejó las maletas.

–Vamos, ángel, no dramatices. No es para tanto.

«Tal vez no para ti», pensó, con el corazón hecho añicos.

–Sí que lo es, porque me he enamorado de ti, imbécil.

No era exactamente como había planeado decírselo. También la reacción de él fue peor de lo que habría imaginado nunca: estaba horrorizado. Al menos, ella ya tenía una respuesta a sus dudas. Agarró su mano y le entregó el anillo.

–No te preocupes, Connor. Ha sido error mío. Me marcharé sin armar alboroto.

Pensó en todas las escenas que había presenciado de niña y obligó al dolor a volver a su refugio. Lo único que le quedaba era el orgullo, y no podía permitirse deshacerse de él.

Agarró su maleta, pero él la detuvo e hizo que lo mirara.

–¿A qué viene esto? Tú no me amas –dijo él.

Ya no sonaba horrorizado, sino enfadado. No era el único.

–No me digas cómo me siento. Te amo, Connor. Pero no te pido nada a cambio. Especialmente, dado que es obvio que tú no me correspondes, ¿cierto?

Vio que él daba un respingo y sintió náuseas.

–Yo no amo a nadie –aseguró él–. No se me da bien. Ya te dije que no quería esto.

Daisy sacudió la cabeza, conteniéndose para no llorar. Él sí que se lo había dicho, pero no le había escuchado. Suspiró, agotada y mareada.

–No te preocupes, Connor, sobreviviré. Te veré por aquí –dijo, y se giró para marcharse.

–No te vayas, Daisy –gritó él–. Al menos, hablemos de esto un poco más.

¿No sabía que no había nada que decir? Daisy se despidió con la mano.

–Tal vez me pase después –mintió.

En las próximas semanas haría todo lo posible

para evitarlo, hasta que él perdiera el interés y pasara a la siguiente conquista. Mientras tanto, intentaría reparar su corazón.

Conforme arrastraba la maleta a su casa, sintió que se le encogía el estómago, y se negó a mirar atrás. Nunca se había sentido tan avergonzada en su vida. A pesar de su cautela, había caído en la misma trampa que su madre: se había enamorado del tipo equivocado, esperando contra todo pronóstico que él le correspondiera. Cosa que no había hecho.

Connor dejó las maletas en el suelo y cerró de un portazo. Las cosas no habían salido según lo previsto. ¿De dónde se había sacado ella la idea de que lo amaba? Era una locura. Ya se le pasaría. A ambos les iría bien un poco de enfriamiento, y entonces podrían retomar donde lo habían dejado.

Pero, ¿y si ella no regresaba? Entró en la cocina, diáfana y reluciente. Dejó el anillo en la encimera y contempló el jardín donde la había visto por primera vez hacía tres semanas. Y, como cuando era pequeño, quiso rezar por algo que sabía que nunca podría tener.

Suspiró y guardó el anillo en un cajón. Daisy lo superaría. Después de todo, él le había dicho la verdad. No la amaba. No podía hacerlo. Pero sí volverían a verse. Aún la deseaba, y sabía que era mutuo.

Mientras intentaba convencerse de que no había nada de lo que preocuparse, tuvo la incómoda sensación de que había permitido que algo irreemplazable se le escapara entre los dedos y ya no había vuelta atrás, por más que lo intentara.

Capítulo Dieciséis

Daisy reprimió las lágrimas al abrir la maleta y ver los recuerdos que había adquirido en el viaje. Se duchó, se puso unos vaqueros y una camiseta de Funky Fashionista y se fue al puesto. Zarandeada por los turistas que abarrotaban el mercado, ignoró el sentimiento que le encogía el estómago, el agotamiento, y siguió negándose a soltar ni una lágrima.

Había sido una tonta, eso era todo. Podía con aquello, igual que había superado otras decepciones en su vida. Se había permitido dejarse llevar. Cuando mirara hacia atrás, dentro de unos años, lo vería como una valiosa experiencia de aprendizaje.

Ella aún tenía su sueño. Un día encontraría al hombre adecuado. Connor no lo era. Una pequeña parte de su corazón siempre desearía que las cosas hubieran sido diferentes, que él hubiera querido lo que ella ofrecía. Pero no había sido así, y ella había sido tonta por pensar que podía cambiarlo. ¿No había sido ése el constante error de su madre?

Divisó su puesto, con sus vestidos y faldas de colores, y esbozó una sonrisa temblorosa. Aquélla era su vida real, y le encantaba. Eso la diferenciaba de su madre. Había probado la droga que había llevado a su progenitora a buscar el amor en los lugares equivocados, y durante dos semanas se había mantenido en lo alto de la ola. Pero podía vivir sin ello si tenía que hacerlo. Estabilidad y confianza era lo que necesitaba en su vida, y ella era la única capaz de proporcionárselo.

–¿Tenéis alguna blusa? –preguntó, con una amplia sonrisa.

–¡Daisy, has regresado!

Juno salió del puesto con una sonrisa de bienvenida y los brazos abiertos.

–¿Qué tal ha ido?

Al abrazarla, las emociones que había estado conteniendo resurgieron con toda su fuerza, y Daisy se echó a llorar.

–¿Estás bien? ¿Qué ha ocurrido? –preguntó Juno preocupada, y le susurró palabras tranquilizadoras hasta que cesó el llanto.

Daisy notó el dolor transformándose en tristeza. Se separó y se enjugó las lágrimas.

–Lo siento.

Jacie la miró preocupada también. Juno la agarró de los hombros.

–Es por ese hombre, ¿verdad?

Daisy hipaba.

–Me he enamorado de él, Ju –confesó, y otra lágrima le resbaló por la mejilla–. Soy una imbécil, ¿verdad?

Juno le dio otro fuerte abrazo. Luego se separó y la miró fijamente.

–¿Le has confesado tus sentimientos?

–Sí, y él no me corresponde –respondió, entristeciéndose aún más–. Así que se acabó.

Entró en el puesto y agradeció el abrazo de Jacie.

Juno se la llevó a un lado.

–No te merece –aseguró–. Me pareció un cerdo desde la primera vez que lo vi. Y esto lo confirma.

No era un cerdo, pensó Daisy. Tal vez no el hombre adecuado, pero un buen hombre.

–No te preocupes, Juno. Lo superaré... en algún momento –suspiró–. No estamos hechos el uno para el otro, lo sabía desde el principio y fui una tonta de pensar lo contrario. Además, va a vender su casa y mudarse, así que no tendré que recordar diariamente mi estupidez.

¿Por qué esa idea tampoco le hacía sentirse mejor? De hecho... se tapó la boca con una mano, presa de un ataque de náuseas.

–Juno, rápido, pásame una bolsa –gritó a través de la mano.

Y, bolsa en mano, vomitó.

–¿Estás bien, Daze? –preguntó Juno, frotándole la espalda, y agarró la bolsa–. Voy a tirarla.

Daisy gimió. Ella nunca enfermaba. Los acontecimientos de la última hora habían sido demoledores, pero ya era hora de recuperarse.

–Supongo que se debe a la sobrecarga emocional.

–O eso, o estás embarazada –sugirió Jacie.

Daisy la fulminó con la mirada.

–No tiene gracia, Jace. Es físicamente imposible.

Suspiró. Al menos no había sido tan estúpida como para acostarse con Connor sin protección.

–¿Te ha bajado la regla? –insistió la joven, mirándole los senos–. Porque están enormes.

Daisy se miró el escote, efectivamente más grande de lo normal. Un momento, ¿cuándo había tenido su último periodo? Con los nervios de las últimas semanas lo había olvidado.

–¿Qué día es hoy?

–Veinticinco –contestó Juno, recién llegada de tirar la bolsa.

Daisy palideció y se quedó sin respiración. No podía estar embarazada. Sólo era un retraso de un par de semanas, aunque nunca le había sucedido. Connor y ella siempre habían usado preservativo, aunque sabía que no era un método seguro al cien por cien.

–Será mejor que compremos un test de embarazo –señaló Juno–, para quedarnos tranquilas.

–Tienes que contárselo, Daisy.

Daisy agarró con fuerza el medidor de plástico sin dejar de temblar. Aquello era una pesadilla. No podía estar embarazada de Connor.

–Esto no es verdad, deberíamos hacer otro. Nunca me creerá si se lo cuento. Yo no me lo creo.

–Ya hemos hecho tres tests –le recordó Juno–. No hay error. Y tu semental es el padre. Deberías decírselo cuanto antes, para empezar a plantearte qué vas a hacer.

Daisy tiró el medidor junto a los otros dos y se llevó las manos al vientre. Por fin, su pulso se tranquilizó y pudo ser consciente de la maravillosa verdad.

–Juno, voy a ser mamá –dijo a su amiga, llorando de alegría.

Juno también se emocionó.

–Entonces, ¿vas a tenerlo?

–Sí. Sé que las circunstancias son un desastre, pero no podría hacer otra cosa.

Juno agarró su mano.

–Pase lo que pase, estaré a tu lado para lo que necesites, igual que la señora Valdermeyer, Jace, y todo el mundo que conoces. Y eso es mucha gente. No estás sola.

–Lo sé –aseguró Daisy.

¿Cómo había podido pensar que no tenía una familia?

Juno se enjugó las lágrimas y sonrió.

–Ya está bien de sentimentalismos. ¿Cuándo vas a decírselo a Brody?

A Daisy se le detuvo el corazón. El pesar reemplazó a la euforia.

–No voy a hacerlo.

–No seas tonta. Tiene derecho a saberlo. ¿O te preocupa que quiera que abortes?

Daisy negó con la cabeza.

–Él no haría eso. De hecho, creo que haría lo contrario –respondió, mirándose los puños apretados en su regazo–. Es honesto. Se sentiría responsable y querría hacer lo correcto. Y yo no podría soportarlo.

–Pero Daisy, en este caso él sí es parcialmente responsable.

–Pero no quiere ser padre –replicó ella, recordando la conversación en Central Park–. Tuvo una infancia miserable, con un padre maltratador. Pero no le culpa, se culpa a sí mismo. Creo que por eso tiene miedo al compromiso. Y no voy a obligarle. ¿Cómo iba a hacerlo, si lo amo?

Juno se paseó por la habitación.

–Eso son tonterías –afirmó, y la apuntó con un dedo, indignada–. Deja de ser una mártir. No es culpa tuya haberte quedado embarazada.

–Lo sé, pero quiero este bebé –replicó, acariciándose el vientre–. Sean cuales sean los problemas, desafíos y dificultades que tenga que superar por él. Es un sueño hecho realidad. Tal vez no el sueño completo, pero buena parte de él. Creo que para Connor sería su peor pesadilla. Además, pasé toda mi infancia junto a hombres que no querían ser mi padre. No voy a hacerle pasar por lo mismo a mi bebé.

Juno suspiró pesadamente.

–Como tú quieras, Daisy. Sigo pensando que te equivocas –dijo, sentándose de nuevo en la cama–. Si él se entera, se va a armar una buena.

–No se enterará. Pareció horrorizado cuando le dije que lo amaba. No creo que vaya a venir en mi búsqueda. Lo que tengo que hacer es tener cuidado y no hacerme notar.

Juno la miró preocupada.

–Y ya sabemos lo buena que eres en eso –murmuró, poco convencida.

Capítulo Diecisiete

–Os mataré, pequeños bastardos.

Connor dio un respingo ante el grito de palabras arrastradas y el golpe en la puerta.

–Esta vez lo dice en serio, Con –susurró Mac lleno de pánico.

Connor lo abrazó por los hombros.

–En cuanto entre, márchate. Lleva a las niñas con la señora Flaherty. Yo le contendré.

Saltaron a la vez al oír la puerta romperse. Connor elevó los brazos mientras Mac ahogaba un grito al ver acercarse la oscura figura. El dolor le perforó el hombro conforme el cinturón le golpeó.

Connor se incorporó en la oscuridad, con los brazos extendidos, jadeante, oyendo todavía el sonido del cuero al cortar el aire, y el dolor en sus hombros.

Inspiró hondo. «Sólo ha sido una pesadilla». Sus ojos fueron ajustándose a las sombras mientras su mente lo sacaba del horror.

El silencio, el vacío, lo envolvieron. ¿Por qué ella no estaba a su lado? La necesitaba.

Según recuperaba el aliento, se tapó el rostro con las manos. Dos días, largos y tristes, y su añoranza no había disminuido, sólo empeorado.

Suspiró y por fin aceptó la verdad: lo había estropeado todo. ¿Cómo había sido tan estúpido? Había huido de lo único que debería haber cuidado.

Se tumbó de nuevo y cerró los ojos. Por la mañana lo arreglaría, se juró. Haría lo que fuera necesario para que Daisy regresara al lugar al que pertenecía.

–Tenemos que hablar.

Daisy contempló conmocionada al último hombre al que esperaba ver en su puerta.

–Márchate –dijo, haciendo ademán de cerrar de un portazo.

Él sujetó la puerta.

–No –dijo, y entró en la habitación.

–No puedes entrar aquí –protestó Daisy, más asustada que indignada.

Había vomitado dos veces desde que se había levantado hacía una hora, y aún seguía con náuseas. Durante dos días no había sabido nada de Connor y, aunque le echaba de menos, sabía que había tomado la decisión correcta al no decirle nada del bebé.

–Ya estoy dentro –dijo él, en mitad de la habitación, y con el ceño fruncido.

–Por favor, Connor, márchate. Nuestra aventura ha terminado. No tengo nada más que decirte. Esto no nos hace bien a ninguno.

–Resulta que yo tengo algo que decirte –gritó él–. Tú hablaste hace un par de días. Ahora es mi turno.

–No me importa lo que tengas que decir –comenzó Daisy y se tapó la boca con la mano, presa de otro ataque de náuseas.

–¿Estás bien? Pareces mareada –preguntó él, llegando a su lado rápidamente.

–¡Vete! –gritó ella, y salió a toda prisa de la habitación.

***

Connor se quedó perplejo mientras oía a Daisy bajar las escaleras a toda prisa. Se sentó en la cama y apoyó la cabeza entre las manos. ¿Qué demonios le ocurría? Estaba haciéndolo fatal. Había ido a decirle que la amaba, no a gritarle. ¿Qué había ocurrido con el encanto que nunca le faltaba al dirigirse a las mujeres?

Suspiró pesadamente y se puso en pie, inquieto y confuso.

Cuando ella regresara, la trataría con dulzura. El problema era que nunca se había visto en esa situación. Sabía cómo seducir a una mujer, pero no cómo abrirle su corazón. Había pasado la mañana ensayando, pero luego había irrumpido allí como un huracán y lo había estropeado todo.

Miró alrededor y suspiró. Se acercó al lavabo y destapó el frasco de perfume. El familiar aroma lo llenó de añoranza. Lo dejó con cuidado y frunció el ceño al ver a su lado un medicamento.

—«Vitaminas prenatales» —leyó en alto—. ¿Qué demonios...?

—¡Oh, no!

Oyó el susurro de pesar y, al girarse, vio a Daisy en la puerta con expresión de pánico. Se le aceleró el pulso, pero no de pánico como esperaba, sino de esperanza.

—¿Qué es esto? —inquirió, mostrándole el medicamento.

Daisy se lo arrancó de las manos y lo guardó en el bolsillo de su bata.

–Nada, márchate –respondió, y le dio la espalda, tensa, abrazándose la cintura.

Connor se acercó a ella. Quería abrazarla, pero sabía que no tenía derecho.

–¿No ibas a decírmelo?

Ella relajó los hombros y suspiró.

–Por favor, Connor, márchate. Finge que no lo has visto. Tu vida puede seguir como deseas, e igual la mía.

Él la agarró de los hombros y la giró hacia sí. Vio una lágrima en su mejilla y se le partió el corazón. Hizo que lo mirara.

–¿Es eso lo que realmente quieres? ¿No confías en mí? ¿No confías en tus sentimientos?

Ella sollozó.

–¿Y si te digo que no es tuyo? –tanteó, desesperada.

–Sabría que mientes. Eres una mentirosa terrible, ya lo sabes –comentó, y la besó en los labios–. Te amo, Daisy. Es lo que había venido a decirte, aunque hasta ahora sólo he complicado las cosas. Dime que no es demasiado tarde.

Daisy creía que no podría sentir más dolor, pero oírle decir las palabras que tanto había soñado y saber que no eran ciertas le rompió el corazón.

–No te creo, Connor.

–Bromeas, ¿verdad? –dijo él, con una carcajada, y frunció el ceño–. Nunca le he dicho a nadie que la amo, ¿y ahora que lo hago, no me crees? ¿Por qué no me crees?

Sonaba molesto e indignado, pero de pronto la miró con ternura y comprensión.

–Se debe a tu madre, ¿cierto? Dado que buscó el amor y no lo encontró, no te lo crees cuando tú lo tienes delante –apuntó con suavidad.

Ella le observó, desesperada por creerle y aceptar

lo que le ofrecía. Pero sólo veía su frustración y su desesperación.

No podía permitirse esperar un imposible. La gente no cambiaba, su madre lo había comprobado con
cada hombre del que se enamoraba.

–Sabía que te sentirías responsable –susurró–.
Hace dos días no me amabas, y sigues sin hacerlo. No
quieres ser padre ni tampoco me quieres a mí, en el
fondo no. Y no voy a dejar que asumas esta carga. Porque eso sería para ti si te permito que hagas lo correcto para mí, en lugar de para ti.

Él la apretó contra sí y apoyó la frente en la suya.

–Daisy, eso es todo un detalle –dijo, y sonrió tímidamente–. Pero son tonterías. Sí que te quiero a mi
lado, te necesito, te amo. Te amaba hace dos días, pero
fui demasiado estúpido para verlo. Y estoy encantado
con que estés esperando un bebé mío. Aunque me pre-
gunto cómo ha sucedido, ya que siempre usamos protección. No vaya a ser que terminemos con veinte críos.
Pero lo primero es lo primero. ¿Cómo puedo lograr
que entre en tu cabezota que te amo?

–De acuerdo –dijo ella, aún más enfadada–. Dime
entonces por qué reaccionaste así hace dos días. Cuando te confesé que te amaba, me miraste horrorizado.

Connor maldijo en voz baja y sintió que la alegría
se disipaba. Iba a tener que contarle su mayor vergüenza y confiar en que ella pudiera seguir amándo-
lo después.

–¿Estás segura? Si te lo cuento, tal vez cambies de
opinión respecto a amarme.

–Eso no va a suceder –aseguró ella firmemente.

Connor inspiró hondo y clavó la vista en el suelo.

–Efectivamente, yo asumía los golpes para proteger a mis hermanos siempre que podía. Pero no era por valentía. Ellos eran pequeños, y dependían de mí para seguir sanos y salvos, para mantenernos unidos. Pero una noche –se encogió de hombros, avergonzado–, salí a escondidas. Una chica me había prometido el cielo la última vez que la había visto. Yo tenía cicatrices recientes de la última borrachera, y mi padre había llegado a casa y se había metido directo en la cama. Creí que estarían a salvo, lo juro.

Daisy se sentó a su lado y lo tomó de la mano. Connor no la miró.

–Cuando regresé a casa, había una multitud fuera.

Aún podía recordar cada detalle, incluido el terror que le había impulsado a atravesar la multitud.

–Había un policía junto a mi padre, que estaba esposado y la cabeza gacha. Entonces vi la ambulancia y a Mac. Se encontraba tumbado en una camilla, con el brazo y el rostro destrozados. Creí que estaba muerto –tragó saliva y se obligó a mirarla–. No fue así, pero nunca volví a verlo. Ni a él ni a las niñas. Le dije a la trabajadora social que no quería. Pero la verdad era que no podría mirarlos a la cara.

–¿Por qué no? –preguntó ella, rezumando amor a pesar de lo que él le había contado.

Eso le aportó el coraje que necesitaba para terminar su historia.

–Porque les había fallado. Debía protegerlos y no lo hice. No merecía ser su hermano, ya no.

Daisy tomó el rostro de él entre sus manos. Viendo el dolor y la culpa en su mirada, se dio cuenta de que lo amaba más que a nada en el mundo. Intentó hablar, pero la emoción se lo impidió. Connor la sujetó de las muñecas y las apartó.

–Cuando me dijiste que me amabas, me entró el pánico. Pánico a amarte. Después de aquella noche, me prometí que no volvería a amar a nadie y arriesgarme a hacerles daño, a perderlos.

–Connor, no fue culpa tuya –susurró ella, llorando–. Eras un niño intentando evitar algo que ni siquiera un adulto habría podido. No les fallaste. Y, mientras me ames tanto como yo a ti, tampoco me fallarás a mí.

Connor entrelazó sus dedos con los de ella.

–Te amo más de lo que te imaginas. Pero, ¿estás segura de que es suficiente?

Ella le acarició la mejilla.

–Por supuesto que sí, tonto.

Él suspiró aliviado.

–¿Así es como tratas al hombre que te ama y padre de tu hijo? –bromeó, emocionado.

Daisy sonrió por fin, desde hacía siglos, y lo abrazó por el cuello con fuerza.

–¿Significa eso que sí crees que te amo? –preguntó él entre risas.

Daisy asintió, llena de alegría.

–Me gustaría recuperar mi anillo, por favor –susurró.

Connor rió.

–Me lo pensaré –dijo, y tomó el rostro de ella entre sus manos–. Antes, necesito que hagas algo por mí.

–¿El qué?

La sujetó por los hombros.

–Ven a casa –dijo, mirándola fijamente–. Ven a casa conmigo, adonde perteneces.

Ella hundió las manos en su cabello y le respondió con un beso lleno de amor, pasión, esperanza, compromiso y puro gozo.

Epílogo

–Por todos los santos, déjame mirar, malvado. Llevo semanas esperando –ordenó Daisy, agarrando las manos que le tapaban los ojos.

–Podrás cuando yo quiera. ¡Juno, da la luz! –pidió Connor–. Ahí lo tienes, ¿qué te parece?

Apartó las manos y Daisy parpadeó, cegada por los fluorescentes. Conforme reparaba en los diseños de cristal y madera, envuelta en olor a recién pintado y a serrín, ahogó un grito y se le llenaron los ojos de lágrimas de emoción. Luego se giró y se abalanzó sobre Connor, casi tumbándolo con su enorme tripa.

–Connor, es exactamente como lo había imaginado. ¿Cómo lo has hecho? ¡Y tan rápido!

Seis meses antes, él había entrado en el cuarto de baño después de que ella vomitara y le había anunciado que acababa de comprarle una tienda en una subasta. Daisy había querido estrangularlo. ¿Se había vuelto loco? ¿Por qué no se lo había comentado antes? Tal vez él disfrutara siendo impulsivo, temerario incluso, pero ella no. ¿Cómo iba a organizar la reforma de la tienda y gestionarla, con la cantidad de náuseas que le provocaba el embarazo? ¿Y cómo iba a manejar esa responsabilidad extra cuando el bebé hubiera nacido?

Pero a lo largo de los meses, sus dudas se habían disipado junto con las náuseas, y la emoción de tener su propio espacio para mostrar sus diseños, y su propio taller en la parte trasera para prepararlos, había adquirido dimensiones gigantescas.

Y Connor había estado a su lado todo el tiempo, apoyando sus ideas, ofreciendo sugerencias acerca de la reforma, organizándola, insistiendo en que contratara a una gerente para ella poder dedicarse a diseñar, supervisando al personal con tranquila eficacia, e incluso agarrando las herramientas una tarde memorable y luego seduciéndola en el recién instalado cuarto de baño.

Esa experiencia los había acercado aún más. Ya no eran simplemente una pareja, eran una unidad, compartían un sueño.

En el último mes, sin embargo, avanzada ya la gestación, Connor había insistido en que se quedara en casa, y él y el personal habían terminado la obra. Daisy no podía creer que en cuatro semanas su sueño se hubiera hecho realidad.

—¿Haremos una gran inauguración, con champán? Tendremos que invitar a todos. Podríamos hacerla en un mes, si nos apresuramos...

—Nada de eso. La inauguración tendrá que esperar —le cortó él, pasándole un brazo por los hombros y acariciándole la tripa con el otro—. Este lugar quedará fuera de tu alcance hasta que el bebé haya nacido y tú estés recuperada. Planearemos la apertura para julio, pero sólo si te portas bien.

—Faltan meses para eso —protestó ella.

—Y Juno tiene instrucciones de asegurarse de que haces lo que se te dice, ¿verdad, Juno? —replicó, guiñándole un ojo.

—Sí, señor —contestó Juno con una sonrisa, saludándolo a lo militar, en broma.

A Daisy se le ensanchó el corazón al ver su buena relación, a pesar de su frustración con ambos.

Connor se había ganado a Juno. No había sido fácil, pero habían logrado establecer una relación de amistad desinteresada, basada en su amor mutuo hacia Daisy.

Se trataban como hermana pequeña y hermano mayor, aunque a veces por su compenetración, a Daisy le parecían más bien mellizos.

Connor la abrazó por la espalda, acariciando su enorme tripa.

—No hay ninguna prisa, Daisy. Tenemos todo el tiempo del mundo.

Daisy suspiró resignada, invadida de amor, y supo que él la había convencido de nuevo.

Juno resopló.

—Si vais a poneros sensibleros, me marcho —anunció con un desenfado inusitado.

Connor soltó una carcajada.

—Entonces será mejor que te vayas.

—No me lo digas dos veces —replicó Juno—. Vendré mañana, Daze, para hacer guardia.

—Traidora —acusó Daisy con una sonrisa.

—Absolutamente —reconoció su amiga, y se marchó dando un portazo.

Connor apretó a Daisy contra sí.

—Ahora que te tengo toda para mí, hay una cosa más de la que tenemos que hablar. Y quiero fijarla antes de que nazca el bebé. Así que se acabaron tus tácticas de dilación.

—Ya te he dicho que no quiero casarme con este aspecto de ballena.

—No pareces una ballena —replicó él—. Sabes que accedí a eso. Tienes unos cuantos meses tras el nacimiento de nuestro bebé para recuperarte, pero luego nos casaremos. He encontrado un lugar en Francia que sería perfecto. Está disponible para el tercer sábado de agosto. Podemos celebrarlo allí con nuestros amigos durante una semana, y regresar a tiempo para el carnaval. Tengo pensado reservarlo mañana, ¿qué me dices?

Quería responder que sí, que deseaba casarse con él, pero había una cuestión que le rondaba desde hacía meses. Tragó saliva. O hablaba entonces, o no habría otra ocasión. Y Connor necesitaba poner un cierre a los horrores de su niñez, cosa que no haría a menos que diera el siguiente paso.

Inspiró hondo.

—Quiero encontrar a Mac —soltó—. Quiero invitarle a la boda.

Él la miró con cejas enarcadas.

—Es tu hermano, Connor. En unas semanas vamos a tener un bebé, y él será su tío. Y, cuando nos casemos, nos comprometeremos y eso nos convertirá en familia para siempre. Quiero que esté ahí para hacernos de testigo, ¿tú no?

Parecía abrumado, pero al menos no estaba enfadado ni a la defensiva, que era lo que ella había temido.

Connor carraspeó.

—¿Y si no viene?

Ella lo agarró de las manos.

—Siendo tu hermano, no puede ser tan cobarde. Necesitas perdonarte por lo que ocurrió esa noche, y para hacerlo necesitas ver a Mac de nuevo y aclarar las cosas con él —aseguró ella, deseando que lo comprendiera—. Si no quieres llamarlo, lo aceptaré y no volveremos a hablar de ello. Pero tenía que preguntártelo.

Él inspiró hondo y elevó la vista al techo.

–Siempre tienes que llevar la contraria... –murmuró, sin rabia–. De acuerdo, llama a Mac. Espero que esté preparado para esta sorpresa.

Daisy lo abrazó por el cuello y lo besó en la boca.

–Gracias, Connor. Sé que es lo correcto. Si todo va bien con él, podríamos empezar a buscar a tus hermanas.

Connor le tapó la boca con una mano.

–No sigas. No te entrometerás más hasta que estemos casados, la tienda funcione y el bebé tenga al menos cinco años, ¿entendido?

Ella asintió, emocionada al verlo sonreír. Parecía que le gustaba la idea de encontrar a su hermano. Todo saldría bien, estaba segura.

–Y ahora, cuando aparte mi mano, quiero que digas que me harás un hombre honesto el dieciocho de agosto. Se acabaron las excusas, ¿comprendido? –dijo, con un brillo travieso en la mirada.

Daisy asintió y quedó libre.

–Sí, Connor –contestó alegremente, mientras toda la felicidad del mundo explotaba en su corazón.

Él la abrazó y la besó apasionadamente para cerrar el trato.

Tres días y catorce horas de esfuerzo después, Daisy sujetaba en sus brazos otro de sus sueños. El pequeño Ronan Cormac Brody succionaba ferozmente su pezón, y el padre los contemplaba a los dos, abrazándolos fuerte y mirándolos maravillado. Se emocionó: tenía el mejor final feliz que había soñado.

Sólo le quedaba empezar a vivirlo.

Deseo™

Asunto para dos

JENNIFER LEWIS

Atractiva, dulce y tremendamente
rica… Bree Kincannon era la novia
que el publicista Gavin Spencer había
estado buscando. Y el padre de Bree
le había ofrecido mucho dinero a Gavin para quitársela de en medio. Con
la oportunidad de montar su propia
agencia, el soltero no tardó ni un instante en convertir a la heredera en su
esposa.

Sin embargo, Bree descubrió el verdadero motivo por el que Gavin la había cortejado de repente. Y le cerró la
puerta del dormitorio en la cara…

Más de lo que él había negociado

Acepte 2 de nuestras mejores novelas de amor GRATIS

¡Y reciba un regalo sorpresa!

Ella había pensado que aquel matrimonio podía ser un acuerdo perfecto

Cuando Elaine hizo aquella proposición matrimonial a Marco de Luca, pensó que podía mantenerse fría y distante. ¡Qué equivocada estaba! Aquel magnate implacable sabía adivinar lo que había bajo su recatada apariencia, y sacarla de quicio.

Marco le había dejado claro que era un hombre chapado a la antigua. Si accedía a casarse, quería una deslumbrante belleza a su lado, obediente y dispuesta… día y noche.

Una atrevida proposición

Maisey Yates

Deseo™

Un amor de escándalo

KATHERINE GARBERA

Nada más verla, el empresario Steven Devonshire supo que tenía que ser suya. Ainsley Patterson era la mujer con la que siempre había soñado. El trabajo los había unido y ambos sentían la misma necesidad de tener éxito. Pero no le iba a ser fácil ganarse a Ainsley; tras su maravilloso aspecto escondía una espina clavada desde hacía cinco años, cuando Steven la había entrevistado y él la había rechazado. Así que, si la deseaba, iba a tener que darle algo que no le había dado a ninguna mujer: su corazón.

¿La tentaría con una oferta a la que ella no se pudiese resistir?